«Witzig zelebriert Delius das Fußballspiel wie einen lästerlichen Gottesdienst, der den Jungen zugleich berauscht und verstört, die Leser jedoch nur widerstandslos hinreißen kann.» (FAZ)

Friedrich Christian Delius, geboren am 13. Februar 1943 in Rom, in Hessen aufgewachsen, promovierte 1970 mit der Arbeit «Der Held und sein Wetter». Er veröffentlichte die Dokumentarpolemik «Wir Unternehmer» und die satirische Festschrift «Unsere Siemens-Welt». Mit zeitkritischen Romanen und Erzählungen wie «Mogadischu Fensterplatz» (rororo 12679), «Deutscher Herbst» (rororo 22163) «Die Birnen von Ribbeck» (rororo 13251) und «Der Spaziergang von Rostock nach Syrakus» (rororo 22278), aber auch als Lyriker wurde Delius zu einem vieldiskutierten und -gelesenen Gegenwartsautor. Zuletzt erschienen «Die Flatterzunge» (rororo 22887) und «Der Königsmacher» (rororo 23350).

Friedrich Christian Delius

Der Sonntag, an dem ich Weltmeister wurde

Erzählung

Rowohlt Taschenbuch Verlag

für M. und für Ch.

Neuausgabe Mai 2004

Veröffentlicht im Rowohlt Taschenbuch
Verlag, Reinbek bei Hamburg, Juni 1996
Copyright © 1994 by Rowohlt Verlag GmbH,
Reinbek bei Hamburg
Umschlaggestaltung any.way, Cathrin Günther
(Fotos: «Fritz Walter» ullstein bild
und Privatfoto des Autors)
Gesamtherstellung Clausen und Bosse, Leck
Printed in Germany
ISBN 3 499 23659 1

Zum Hafen führt es abwärts, ich hoffe, ich fürchte, es geht in die Welt.

Wolfgang Koeppen, Jugend

Der Sonntag, an dem ich Weltmeister wurde, begann wie jeder Sonntag: die Glocken schlugen mich wach, zerhackten die Traumbilder, prügelten auf beide Trommelfelle, hämmerten durch den Kopf und droschen den Körper, der sich wehrlos zur Wand drehte. Nur wenige Meter von meinem Bett stand der Kirchturm, da half keine Decke, kein Kissen, die Tonschläge drangen durch Fenster und Türen, durch Balken und Wände, füllten das Zimmer, vibrierten in Lampen, Gläsern, Spiegeln, und obwohl sie das ganze Dorf, das Tal und die Wälder ringsum beschallten, schienen sie kein anderes Ziel zu haben als meine Ohren und keinen anderen Zweck, als jedes Geräusch zu vernichten und jeden Gedanken zu zertrümmern. Von oben herab schickten sie schwingende, wuchtige Schläge gegen mich, rissen das blasse Gesicht fort, das ich in einer Hügellandschaft schweben sah, und zerfetzten es unbarmherzig mit ihrem Lärm, als sollte mir etwas Verbotenes, etwas Zartes mit Gewalt aus dem Kopf gestoßen werden.

Früh um sieben wurde der Sonntag eingeläutet, fünfzehn lange Minuten war ich den Glocken ausgeliefert. Ich wollte mich damit nicht abfinden und suchte die schwindenden Bilder festzuhalten, ich meinte, neben dem schwerelosen Gesicht, ein Mädchen vielleicht, den Großvater auf dem Meer stehend gesehen zu haben, ohne sein U-Boot, den Arm in der Luft. Ich wußte nicht, ob er gedroht oder um Hilfe gerufen hatte, der Film war gerissen, die Bildfolge gestört, ich war an Land, war geweckt.

Ich duckte mich unter dem vertrauten Getöse, versuchte das Unvermeidliche auszuhalten und Schlag um Schlag an dem schwingenden, wuchtigen Dreiklang Gefallen zu finden, etwas wie Musik zu entdecken, in den metallischen Klängen eine Melodie oder wenigstens einen Rhythmus. Die große Glocke hämmerte den tiefen Ton in langsamen Takten, die kleine sprang mit hellem, schnellem Bimmeln dazwischen, und die mittlere Glocke gab den hintergründig klaren, den versöhnlichen Klang dazu, drei Töne pausenlos, nacheinander und gleichzeitig in wechselnder, bald berechenbarer Folge. Ich wollte mich betäuben und tragen lassen, auf den Schallwellen noch einmal davonschwimmen, dem Mädchen hinterher, das in der grünen Landschaft versunken, dem Großvater hinterher, dessen Uniform trotz der hohen See trocken geblieben war. Im Rhythmus der Glockentöne in Bildern schaukelnd, gelang es mir trotzdem nicht, Anschluß an die Spuren des Traums zu finden und das Zerstörte zusammenzufügen, das verschwundene Gesicht aus dem Grünen und den Großvater aus dem Meer zu retten.

Nur eine Chance hatte ich: mich an das zu gewöhnen, was ich als Angriff erlebte. Ich wünschte, oben zu sein, auf dem Turm, wo die stärkeren Jungen, zwei oder drei Jahre älter und unerreichbar fern in ihrem Rang als Konfirmanden, auf dem Läuteboden hoch über Kirchenschiff und Altar die drei Glockenstricke zogen, das Dorf weckten, die Fenster zittern ließen und die Schallwellen kilometerweit schickten, da oben wollte ich sein, wo der Wind durch offene Fensterbögen und Schießscharten fuhr, und lieber den Lärm machen als ihn erleiden. Über gefährliches Dachgebälk, Treppen und Leitern schon hinweg, zog ich mit an den Stricken, wie ich es manchmal beim Samstagabendläuten, bei Hochzeiten oder Beerdigungen versuchte, tobte auf den wackelnden Bohlen im Dachstaub, schaute zwischen groben Mauersteinen hinab auf lange Scheunendächer und blaßrote Ziegel der Wohnhäuser, auf die Muster aus hellem Verputz zwischen grauen oder braunen Fachwerkbalken, schwebte in meinen Kissen über Höfe und Gärten und zog gleichzeitig mit aller Kraft mal an dem einen, mal am andern Seil, als wollte ich mich gewaltsam versöhnen mit den klirrenden Schwingungen, als wären die Glocken ein Instrument, das ich beherrschen könnte.

Für einige Augenblicke gelang es, nichts als Harmonien zu hören und im Schwung der Glocken oben zu bleiben, ich flog mit dem Glockenklang dahin, unter mir lag die Straßenkreuzung mit dem dreistöckigen Gasthaus, mit der Reklametafel *Durst wird durch Bier erst schön*, ich segelte über Männer auf Traktoren, über Frauen mit Milchkannen, über Pferdegespanne, Leiterwagen und Kuhherden hinweg und hinauf in die Wälder, immer kleiner die Menschen unter mir, deren Schritte im Glockentakt ich verfolgte. Ich lebte auf in dem erhebenden Gefühl, alles zu sehen, ohne gesehen zu werden, und konnte für kurze Zeit dem strengen, rhythmischen Ruf der Schläge noch die Aufforderung ablauschen, alles gut sein zu lassen, den Lärm der Glocken und die donnernde Macht, die von oben kam, wie ein schützendes, väterliches Streicheln hinzunehmen. Dann schlug das Empfinden wieder um in eine schüchterne Wut, so weit von den eigenen Phantasien entfernt zu sein, und ich hörte in den Glockenschlägen beides, die Gewalt und die Wärme, das Wegstoßen und Hinziehen, Ohrfeigen und Musik.

Als die Klöppelschläge unregelmäßig heranwehten, als sie läppisch verebbten und der letzte, nur schwach angetippte tiefe Ton der großen Glocke verloren in der Luft hing und die letzten Schwingungen das Ohr streiften, stellte sich endlich Erleichterung ein. Diesen Ton, aus dem der Ton wich, hätte ich gerne länger angehalten, weil der Donner in etwas Zartes, der Lärm in Stille versank und die Stille wohltuend wurde wie das Nachlassen eines Schmerzes.

Ich streckte mich und suchte eine neue Schlafstellung, beunruhigt nur von der Frage, ob der Großvater wirklich über das Wasser gewandelt war wie Jesus oder von mir gerettet werden wollte. Ich, elf Jahre und Nichtschwimmer, hätte den Korvettenkapitän niemals retten können, aber vielleicht hätte mir der Traum unbekannte Fähigkeiten beschert. Das Bild stellte sich nicht wieder her, die Glocken hatten alles verdorben. Ich hörte in die Morgenstille hinein, Schwalben, Spatzen, und bald schallten von der Kirchentür über den Hof die Stimmen der Jungen heran, die geläutet hatten und nun noch einen Augenblick beieinanderstanden. Ohne sie zu sehen wußte ich, wer sie waren, wie viele sie ungefähr waren, manche erkannte ich an ihren Stimmen. Ich hörte meinen Vater sprechen und einen Scherz machen, über den müde gelacht wurde, ehe sich alle zerstreuten.

Ich tauchte unter, suchte den Schlaf, ohne zu wissen, was ich suchte im Schlaf und was mir im Wachsein fehlte, tauchte unter die Decke, unter alle Geräusche, streckte die Beine, drückte mich in die Kissen. Jetzt erst hörte ich meinen Bruder, mit dem ich das Zimmer teilte, wie er sich drehte im Bett und nach der Störung weiterschlafen wollte. Ich wollte jetzt nichts von ihm, sprach ihn nicht an, tauchte zurück in die Wärme, das Glockengetöse noch im Ohr und allmählich entspannt nach der fünfzehnminütigen Plage. Nicht weil ich müde gewesen wäre, sondern weil ich ein seltenes Glück verlängern wollte, versuchte ich den Zustand des Halbschlafs zu erreichen und die Gelegenheit auszukosten, für kurze Zeit keinem Druck, keiner Erwartung, keinem strengen Blick ausgesetzt zu sein.

Es war der einzige Tag in der Woche, an dem ich nicht früh um sechs geweckt wurde, der einzige Tag, an dem die Glocken mich aus dem Schlaf rissen und nicht die auf Fröhlichkeit eingestellte Stimme der Mutter mit ihrem «Guten Morgen!», gedehnt betont auf dem U und dem O. Der einzige Tag, an dem ich nicht spätestens beim Frühstück an die lateinischen oder mathematischen

Schrecken des anbrechenden und wie ein riesiges Hindernis vor mir liegenden Schultags denken mußte, an mein schlechtes Vokabelgedächtnis, an die halbverdauten Formeln und mein erbärmliches Rechengedächtnis, an die mühsam eingepaukten Unterschiede zwischen Laubmoosen und Lebermoosen oder mein störrisches Biologiegedächtnis. Der einzige Tag in der Woche, an dem ich halbwegs geschützt blieb vor der Entdeckung, wie schlecht und schwach ich in allem war oder mich zu fühlen gezwungen war, schnell in der Angst gefangen, auf alle Fragen dieser Welt, wenn sie von Erwachsenen mit einer bestimmten herrischen Erwartung gestellt wurden, nur mit Stocken und Stottern reagieren zu können. Ich tauchte fort von all den gewöhnlichen Gefangenschaften der Woche und freute mich auf die Erleichterungen des Sonntags, obwohl auch dieser Tag abgesteckt war von milderen Drohungen und Geboten, Gebeten und Regeln, die schon am Sonnabendnachmittag anfingen, wenn mein Bruder und ich für fünf Groschen Taschengeld Straße und Hof zu fegen hatten.

Allein die Vorstellung, nicht wie sonst um diese Zeit im Bus sitzen zu müssen, war schon ein Triumph, auf der einstündigen Berg-und-Tal-Fahrt Wehrda Schletzenrod Wetzlos Stärklos Kruspis Holzheim Hilperhausen Kohlhausen Asbach Bad Hersfeld, über die Lateinische Grammatik oder das Geschichtsbuch gebeugt oder stehend, einer der Jüngsten und Pfarrerssohn hatte als erster Platz zu machen für Ältere, im schaukelnden Bus durch hundert Schlaglöcher und Kurven geschubst. Ein Tag der Ruhe stand bevor, an dem keine Antworten von mir

erwartet wurden, ein Tag, an dem ich mich nicht bloß-
stellen mußte und an dem mein ängstliches, verkrampftes Schweigen weniger auffiel als sonst, weil alles leiser,
ruhiger und ohne Temperament abzulaufen hatte.

Schritte auf den Dielen im Flur, Mutterschritte treppab,
Großvaterschritte auf dem Weg zur Küche, wo die
Waschkanne gefüllt wurde, und zurück ins Großelternzimmer. In den Wänden die Wasserleitungen, unten auf
dem Hof die Hühner, in den Bäumen Vogelgezwitscher,
das waren die auffälligsten Geräusche. Die Schweine waren um diese Zeit gefüttert, also blieb es ruhig in den
Ställen der Nachbarn, ein Pferd wieherte, entferntes
Hundegebell, die Kühe draußen auf den Weiden, die
Traktoren standen in Garagen und Scheunen – allein an
dem, was nicht zu hören war, hätte ich den Sonntag er-
kannt. Es war hell, Sommer, durch die dünnen blauen
Vorhänge die steigende Sonne zu ahnen, aber ich
tauchte noch einmal weg, suchte einen Traum zusammen, wollte alles wegträumen, was die Träume verdarb,
und doch schoben sich die Verhaltensregeln des Sonntags immer stärker ins Bewußtsein, als lenkten der Nach-
hall der Glocken oder eine andere unsichtbare Macht
mich beharrlich auf die Hauptsache des Tages: *Du sollst
den Feiertag heiligen!*

Nicht nur die beiden Gottesdienste für Kinder und für
Erwachsene, nicht nur das Zeremoniell von Singen, Beten, Zuhören, sondern jede Regung, jeder Schritt
standen unter diesem Gebot. Räuber und Gendarm und
ähnliche Gruppenspiele in Scheunen, auf Straßen und
Feldern waren verboten, Spiele in den Zimmern erlaubt,

Toben und Streiten verboten, das Hämmern und Sägen an der selbstgebauten Holzhütte neben dem Hühnerstall verboten, das Sitzen in der Hütte erlaubt. Hausaufgaben zählten als Arbeit, selbst ein schneller Blick am Sonntagabend ins Lateinbuch, und Arbeit war verboten, weil Gott sich am siebten Tag erholt hatte, aber das Lesen anderer Bücher war erlaubt. Lederhosen verboten, Manchesterhosen erlaubt, Fahrradfahren vormittags zur Gottesdienstzeit verboten, nachmittags erlaubt, Fußballspielen auf dem Hof oder Kirchplatz vormittags wegen der Sonntagsruhe, nachmittags wegen der Sonntagskleider verboten, aber der Gang zum Sportplatz erlaubt, wo die Erste Mannschaft des F. C. Wehrda jeden zweiten Sonntagnachmittag ihre Spiele austrug. Ich hatte alle diese Regeln im Kopf, die mir beschämend einsichtig schienen, weil ich mit ihnen verwachsen, in sie hineingewachsen war. Ich mochte sie nicht, aber ich akzeptierte sie, und je länger ich im Bett lag, desto später würden sie in Kraft treten.

Ich hätte lesen können oder den TRIX-Baukasten aus dem Schrank holen oder den Bruder zu einem Spiel anstiften oder ärgern, hätte mich anziehen und aus dem Haus laufen können, aber ich blieb liegen, weil ich die Lust spürte, all das nicht zu tun, zu nichts verpflichtet zu sein und von niemandem beobachtet zu werden. Mehr und mehr wurde diese Lust jedoch von der Ahnung durchkreuzt, daß meine Freiheit, die Gültigkeit der Sonntagsregeln ein wenig hinauszuzögern, von Minute zu Minute abnahm und mir nicht viel länger als die eine Stunde zwischen Wecken und Aufstehen gegönnt war, denn bald mußte alles wie gewohnt auf die gefalteten Hände und das *Du sollst* hinauslaufen.

Der Sonntag war nicht für mich da oder für die Familie, sondern für jenen bärtigen Vater über dem Vater, dem wir alles zu danken hatten. Ein Leben ohne Glocken, ohne den *Feiertag*, ohne christlichen Stundenplan voller Gebete und Gesänge konnte ich mir nicht vorstellen. Noch weniger, jemals dem alles überragenden, allgegenwärtigen Auge Gottes zu entkommen, das irgendwo im Himmel hing und alles sah und nicht gesehen wurde. Ich konnte versuchen, mich dem Blick zu entziehen, aber damit entlastete ich das Gewissen nicht, denn das Auge Gottes spiegelte sich in den Augen des Vaters, der Mutter, der Großeltern, ihre Augen flankierten und vervielfachten das Gottesauge, zu viele Augen sahen auf mich herab.

In solchen halbwachen, unkontrollierten Momenten befiel mich, auch wenn ich nichts Verbotenes tat oder dachte, eine unerklärliche Scham, eine zapplige Schwermut und Lähmung. Ich fürchtete mich und wußte nicht, wovor und vor wem, wußte kein Rezept gegen die Furcht, wehrte mich mit verlängerten Träumen und ahnte, wie begrenzt meine Kraft zum Phantasieren und zum Vervielfältigen der Träume war. Mein Kopf war belagert und mein Körperbündel besetzt von der unbegreiflichen Macht Gott, die in alle Gedanken hineinregierte, mein verschupptes, verstottertes Leben bestimmte, eine Macht, die zugleich gütig und streng sein sollte und als höchste Instanz der Liebe Vater und Mutter wie Marionetten zu führen schien. Mutlos und erschöpft wurde ich, wenn mich ein bohrender Gedanke an den vom Himmel herab segnenden oder drohenden *lieben Gott* streifte. Nie würde ich es schaffen, mich an diesen unberechenbaren *Herrn* zu gewöhnen mit Beten, Dienen, Danken, Glauben, Singen, aber noch schlimmer war die Vorstellung der Leere, der Verdammung, der Schuldgefühle, mit denen Gott den verfolgte, der sich seinen Befehlen nicht zu unterwerfen verstand und zum *Heiden* wurde. Verwirrt ließ ich von den Ansätzen zu solchen Gedanken ab, ich wollte nicht, ich konnte und durfte nicht wittern und vermuten, in welchen Teufelskreis dieser Gott mich stieß.

Ich hatte eine Stunde länger als sonst geschlafen, wollte nicht mehr wie gefesselt im Bett liegen, wehrlos den Ahnungen und Ängsten ausgeliefert, die wie in leichten, tückischen Brisen durch den Kopf wehten. Die Hände strichen hin und wieder über den Körper, auf der Haut lag noch etwas Seifengeruch vom Samstagabendbad. Ich fühlte mich wach, sah mich auf dem Sportplatz stürmen, hinter dem Ball herlaufen, den Ball abgeben, stoppen und schießen. Ich wußte, daß ich mir die leichten und beherrschten Bewegungen vorlog, mein Kinderkörper war nicht kräftig, nicht schnell, nicht groß und nicht sportlich, und ich wollte zu den Besseren, den Siegern gehören. Gerade erst hatte ich beim Schulsportfest mit heller Stimme *Wenn die bunten Fahnen wehen* gesungen und dann erbärmlich wenig Punkte erreicht, war allein aufgefallen durch die weißblaß blätternde Haut an Ellbogen, Knien und Knöcheln, die Krankheit mit dem fürchterlichen Namen Schuppenflechte, die mich eher in Richtung der Fische, Lurche, Insekten schob als auf die Höhe

einer Siegertreppe. Und während ich nun in stiller Wut
an den Schuppen kratzte und die Mahnung nicht hören
wollte, daß noch mehr Haut aussätzig werden könnte,
lief ich immer schneller über den Sportplatz und drib-
belte, flink und geschickt, bis niemand mehr meine
schorfigen Knie oder Ellbogen beachtete, ich mußte die
Angst und die Flechte besiegen, ein kräftiger Stürmer, ich
überspielte zwei, drei, vier Gegner und schoß das Tor,
das entscheidende Tor für mich, meine Mannschaft, die
Schüler von Wehrda. Als ich den Jubel der Mitspieler,
den Beifall der Zuschauer dazugab, fiel mir ein, welcher
Tag heute war, der Tag des Endspiels. Ich sah mich zwischen den deutschen Stürmern in schwarzen Hosen und
weißen Hemden, der Ball zuerst schneller, dann langsamer als die Männer, die ihn beherrschten, Kopfbälle,
Flanken, Eckbälle, alle Bewegungen belebt von der mär-
chenhaften Gewißheit, daß diese Männer das Endspiel
der Weltmeisterschaft erreicht hatten. Ich sah mich dabei und wollte dabeisein, am Nachmittag durfte ich die
Übertragung im Radio hören, ich sprang endlich auf,
wusch mich, zog mich an, sonntags frische Wäsche.

Das Brot, in der Mitte des Tisches das Brot, um das Brot herum Sanellamargarine, Marmelade, Johannisbeergelee, Milchkrug, *Kaba der Plantagentrank*, Eier im Eierbecher, am Rand des Tisches sechs Gedecke, davor hochlehnige strenge Stühle. Um das Brot herum Gutenmorgengesichter, die Mutter im blauen Sonntagskleid lächelnd über dem Brot, die zweijährige Schwester wie die fünfjährige frischgebügelt gekleidet, artig frisiert neben dem Brot, der Bruder im weißen Hemd, das Haar naß gekämmt, und das Mädchen, das Kochen und Haushalt lernte, pausbäckig, abwartend, ergeben. Der Platz neben mir war frei, weil der Vater sonntags in seinem Amtszimmer frühstückte und die Predigtnotizen durchging, ehe er mit dem Motorrad zum frühen Gottesdienst drei Kilometer ins Nachbardorf Rhina fuhr.

Sonntags mußten vor dem Frühstück kein Gebet, kein Gesang abgewartet werden, ich nahm aus dem geflochtenen Korb eine akkurat mit der Maschine geschnittene Scheibe, ich strich die Margarine auf *unser tägliches Brot*, sonntags war mein Frühstück nicht vom Fahrplan des Busses diktiert. Ich klopfte das Ei auf, rührte die Milch in das Kakaozuckerpulver, ich rührte, ich strich, ich fügte mich ein in diesen Kreis, der um das Brot herum saß. Ich tat, was die andern taten, suchte den süßen Trost im *Plantagentrank*, nickte zu der überflüssigen Aufforderung, es mir schmecken zu lassen. Das Brot war frisch, das Ei warm und weich, ich hatte Hunger und saß nicht im väterlichen Blickfeld. Ich beachtete die Sonntagsregel, auf das Sanellabrot zum Ei keine Marmelade zu schmieren, ich biß und kaute bedächtig wie die andern, ich fiel nur so weit auf, wie ich wollte, ich konnte mich aufspielen mit meinen elf Jahren als Ältester oder in die Rolle des Stummen kriechen ohne aufzufallen, *beim Kauen spricht man nicht.*

Das Brot, die Blicke fielen auf das immer gleiche und gleichartig dünn bestrichene Graubrot, das in fast stummer Andacht den fünf Mündern entgegenwuchs, gestrichen, gehoben, gebissen, gekaut wurde, wie es die Mutter in einer fast störrischen Langsamkeit vormachte. Nachdem sie das Brot der Jüngsten in Stücke geschnitten hatte, strich sie ihre Scheibe, schob vorsichtig das Messer in die Margarine und verteilte sie gleichmäßig dünn mit einer rätselhaften Hingabe bis an alle Ränder und Ausbuchtungen, über die winzigen Unebenheiten und kleinen Löcher hinweg. Zwischendurch sah sie auf, bat die ältere Schwester, auf die vom Brot tropfende Marmelade zu achten, und während sie ihre Margarinenscheibe hauchdünn mit Gelee rötete, fiel etwas Aufmerksamkeit ab für meinen Bruder, eine beiläufige Ermahnung, statt drei Löffeln Kaba nur einen zu nehmen, und auch an mich, der Vorbild zu sein hatte, war ein für alle gemeinter Hinweis aus dem Repertoire *nicht zu dick, nicht zu viel, nicht zu schnell* gerichtet, und als sie endlich zubiß, tat sie es mit einer solchen Behutsamkeit, als fürchte sie, einem Lebewesen die Knochen zu brechen.

Beinah im Gleichtakt kauten wir die gleichförmigen, ähnlich dünn bestrichenen Scheiben bedächtig, zappelten wenig, stritten kaum, verzichteten auf Knuffen, Stoßen, Fußtritte, Sticheln, Zöpfeziehen. Obwohl alles ein paar Grade zwangloser war als sonst, verlangten die Sonntagsregeln und Sonntagskleider mehr Stillsitzen und Bravsein, weil die weißen Hemden, als seien spezielle Magneten in sie gewebt, Marmelade und Kakao anzogen, und niemand wollte schon am Morgen für den ganzen Tag mit einem Flecken markiert sein. Selbst wenn wir sprachen, trumpften wir nicht auf. Es wurde wenig geredet, als gehe nicht nur von der Marmelade, sondern vom Sprechen eine Gefahr aus, als verlange das Essen eine innere Andacht. Es hätte wärmer, lockerer, lustiger sein können, aber da das Lockere eher das Element des Vaters war, blieben wir in Erstarrung gefangen, in Sonntagsvorsicht und Geleetrübsinn. Wir aßen die Brote ohne zu schmatzen, tranken das Kakaogetränk ohne zu schlürfen und taten so, als zersetze das Brot, von dem wir uns nährten, gleich wieder die Energien, die es gab, als enthalte es irgendein Mineral, das die Zungen lähmte.

Das Brot war heilig, auf jedem Laib, obwohl im Dorfbackhaus gebacken, lag der Segen des Heilands, auf jeder Scheibe, als sei sie nicht durch die Brotmaschine gekurbelt, sondern von Jesus persönlich gebrochen worden, der Widerschein eines Wunders. Das *tägliche Brot*, um das wir täglich beteten, es kam tatsächlich täglich auf den Tisch. Die Speisung der Fünftausend und das Abendmahlsbrot waren so gegenwärtig, daß selbst ein trockener Kanten ein entferntes Abbild eines zweitausend Jahre alten Brots aus der Bibel war, *Manna*, das himmlische Brot beim Zug durch die Wüste. Besonders vorsichtig wurde es angefaßt, als könne eine grobe Bewegung oder zu viel Druck das Brot zerquetschen, vernichten, als verschwinde es bei geringster Gewalt und strafe den, der es achtlos, undankbar zu drücken oder mit ihm zu spielen wagte, mit der Verdammung zu ewigem Hunger. Indem wir es kauten, kauten wir die Ehrfurcht vor dem Brot mit, und obwohl noch nicht reif für das Abendmahl, waren die Belehrungen schon so weit fortgeschritten, so tief ins Bewußtsein gestempelt, daß ich beim ruhigen Sonntagsfrühstück schon den Anflug des Heiligen Geistes spürte. Jedes Tischgebet beschwor die Einheit zwischen Brot und Jesus und Gott und jenem magischen Geist, einer der drei oder alle zusammen *schenkten* das Essen, und daran sollte gedacht werden beim Anblick des Weizens auf dem Feld, der Ähren, der Dreschflegel und der Dreschmaschine, der Kornsäcke, des Mehls, der vollen Backbretter der Bauersfrauen, und so dachten wir, selbst wenn wir nicht daran denken wollten, im Beißen und Kauen an die Gnade des Herrn, der uns das Brot geschenkt hatte und nicht hungern ließ, der uns sogar wohnen ließ zwischen Feldern voll Weizen, Roggen, Gerste, Hafer.

Wir verloren kein Wort über all das, weil es nicht mehr gesagt zu werden brauchte und weil wir gefüttert waren mit Geschichten aus dem vergangenen Krieg, wie oft da ein Stück Brot und allein das Brot und immer die letzte Hoffnung, die Rettung ein trockener Kanten. Das Brot machte satt und zerstörte etwas, das Brot fraß am Herzen, fraß an der Zunge, das Brot drückte etwas nieder in mir, das Brot trennte uns und hielt uns zusammen.

Auf der Kabapackung aber blühten die Palmen, leuchtete gelb die Wüste, ich fand es erleichternd, daß der Kakao zu Jesuszeiten unbekannt war und in keinem

Gebet genannt wurde, also ohne verdrückte Andacht getrunken werden konnte, ich sehnte mich fort zu den Plantagen, träumte von einer Mahlzeit mit lauter Lebensmitteln, die nicht von Gottes Gnade vergiftet waren, und nahm die dritte Scheibe.

Hilfesuchend sah ich zur Mutter hinüber, sie hätte den vernichtenden Heiligenschein um das Graubrot löschen können. Sie fand meinen Blick, weil sie immer wieder in die Runde lächelte, aber sie schaute nicht so, wie ich es erhoffte, mit einem Lächeln, einem freundlichen Witz der Erlösung. Vielleicht war ich so verwegen, etwas von der Güte, mit der sie die kranken Kinder umsorgte, und von der tröstenden Wärme zu erwarten, die sie abends beim Beten und Singen ausstrahlte, wenn sie mit den Melodien der Nachtlieder den innigen, liebevollen Ton einer Geborgenheit traf, und vielleicht warf ich ihr vor, daß sie am Tag beinah regelmäßig diese Stimme verlor, die ich für ihre wahre Stimme hielt. Ich schaute zu ihr hin und meinte zu spüren, wie das Brot uns trennte, wie der Abstand zu ihr wuchs und sie nichts davon zu merken schien, ja wie sie selber den Abstand vergrößerte, wenn ihr leise kontrollierender Blick einmal von einem Lächeln abgelöst wurde und dieses Lächeln in meine Richtung ging. Mit dem Lächeln aber meinte sie nicht mich, jedenfalls nicht mich allein, weil sie im strengen Streben nach Güte erstarrte, im Verteilen, im Vierteilen ihrer Liebe gegen kein Kind ungerecht sein und *die Freude* an ihren vier Kindern gleichzeitig allen zeigen wollte. Sie schien nicht zu merken, welche Nahrung ich mehr brauchte als das Brot, ihre Stimme, ihre Augen, eine Umarmung. Unter dem Hals blinkte die Brosche, funkelte schwarz das in Bernstein erstarrte Insekt. Ihr Blick hob den stummen Dialog nicht auf und ließ mich mit der Frage allein, ob die Augen dahinter mir so wohl gesonnen waren wie sie taten. Die Sprache hätte helfen können, aber da die Muttersprache mich nicht erreichte, suchte ich den Fehler bei mir, fühlte mich taub, sprachlos, stumm. Ich erwartete vielleicht nur ein sanftes, liebkosendes, berührendes Funkeln in den Augen oder erwartete es schon nicht mehr und mußte zusehen, wie alle ihre Gesten, Blicke, Worte auf halbem Weg steckenblieben, zusammengefroren in der Botschaft: alles ist gut, wir haben satt zu essen und können und müssen dafür dankbar sein in jeder Minute.

Wenn sie sich löste aus ihrer Demut und endlich sprach, dann mit großen Pausen, langsamen Sätzen, als müsse sie jedes Wort, jeden Satz erst prüfen, ehe sie ihn laut sagen dürfe, als sei eine alte Angst, mit ein paar Worten etwas falsch zu machen, nicht überwunden, als stehe ihr Vater, der vom Kaisertum zum Christentum konvertierte U-Boot-Kapitän a. D. und Volksmissionar, mit seinen kontrollierenden Blicken immer noch hinter ihr auf der Kommandobrücke oder als esse er mit am Tisch oder blicke auf uns herab. Er wohnte eine Etage über uns, das Großelternzimmer lag, von einer zugestopften Tür getrennt, neben dem Schlafzimmer der Eltern, und wenn er nicht auf Vortragsreisen in Gemeindesälen und Zelten sein karges Gehalt mit der Werbung für Gott erpredigte, war er gegenwärtig mit lauter Stimme, kritischem Blick, witziger Freundlichkeit und einem verschmitzten Lächeln in den Mundwinkeln. Der kleine Mann trug seinen Adelsnamen vor sich her wie einen Orden, seine Familie hatte bessere Zeiten gesehen und schlechtere, aber alles war *Fügung* und *Gottes Güte*. Er zog es vor, von Gott als dem *Herrn* zu sprechen, als höchste Tugend galt der *Gehorsam*. Viele versenkte Schiffe beschwerten sein Gewissen, und wenn er mich weinen sah, befahl er: *Schlucks runter!*, und auch wenn ich weinte und er nicht in der Nähe war, hörte ich seinen soldatischen Ton *Schlucks runter!* Vielleicht hatte er schon meiner Mutter und ihren fünf Geschwistern diesen Befehl gegeben. Die Großeltern weinten nicht, aber sie trauerten dem verlorenen Bad Doberan nach, Mecklenburg war ihnen geraubt, seit Heinrich dem Löwen war man Mecklenburger gewesen, und nun fürchtete der Großvater die Gottlosigkeit der modernen Zeit, gegen die nur die *Heilige Schrift*, die *Frankfurter Allgemeine* und das *Adelsblatt* halfen. Die Großmutter widersprach ihm manchmal, meine Mutter nicht. Laut lachen konnte er und Gedichte reimen, der Kapitän und Missionar, aufrecht auf dem Schiff des Glaubens durch das Meer des Unglaubens steuernd, mit trotziger Stimme singend gegen die Stürme.

Ich sah meine Mutter schlucken, sah sein Gesicht in ihrem Gesicht, seine Lautstärke gespiegelt in ihrer Stille. Sie tat alles, um gut zu sein und *das Gute* dankbar zu tun und ihre fünf Rollen als Mutter, Ehefrau, Tochter, Pfarrfrau und Lehrerin des Hausmädchens so zu beherrschen, daß niemand im eng bewohnten Haus verärgert wurde und alle *zufrieden* waren. Während sie schwieg, plante sie, dachte an die Geschäftigkeiten des Sonntags, die vor ihr

lagen, Kindergottesdienst, Mittagessen, Beurteilung der
Predigt
Plötzlich sprach sie, erinnerte an die Groschen für die
Kollekte beim Kindergottesdienst. Ich antwortete, kurz
entschlossen: «Ich will heute lieber mit dir in die Kir-
che.»
Sie stimmte zu, lächelte, ein schnelles Leuchten in den
Augen unter der hohen Stirn und den dunklen, geschei-
telten Haaren, sie nahm mich gern hin und wieder zum
Gottesdienst der Erwachsenen mit. Ich kaute den letzten
Bissen, die Rinde, fragte, ob ich aufstehen dürfe, und
ging.

Ich war ein Fisch und schon gefangen, als ich merkte, daß
ich ein Fisch war: der Angelhaken im Mund zwischen
Zunge und Gaumen, der Widerhaken im Fleisch nahe
der Luftröhre, solange ich denken konnte, die Wunde
um das spitze Metall im Hals war ein Beweis, daß die
Verbindung zwischen mir und der Welt gestört war.
Nicht immer wollte ich mich damit abfinden, aber wenn
ich, im voraus durch die erwartete Niederlage verkrampft, den Haken loszuwerden versuchte, zappelte ich
am ganzen Leib, schüttelte den Kopf, den halboffenen
Mund, ich würgte und schob und zog und wurde den
Haken nicht los und riß ihn tiefer ins Fleisch. Der Haken
hinderte mich am Atmen, am richtigen Atmen, ich kam
aus dem Takt und vergaß meinen Atemrhythmus, bis ich

nicht mehr wußte, mit welchem Organ ich Luft holen, Luft ausstoßen sollte, ob ich Lungen oder Kiemen hatte, wo meine Kiemen auf der Haut saßen und ob meine trockene, verschorfte Haut überhaupt Luft durchließ. Es tat weh, ohne Luft zu sprechen, und ich wußte nicht, ob ein Sprechen ohne Schmerzen, ohne den Riß im Zungenfleisch jemals möglich war. Ich lehnte es ab, den Schmerz als Schmerz zu fühlen, ich sagte mir: das ist normal, der Fehler liegt allein bei dir. Ich wußte nicht, wer mich an der Angel hatte, ich hatte keinen bestimmten Verdacht, nicht einmal gegen die, die ich zu lieben hoffte und die mich ihrer Liebe versicherten. Ich hörte von den Eltern aber das Gleichnis oder den Satz von Jesus dem Menschenfischer, der wollte Menschen fischen, Menschen ins Netz holen für seine Gemeinde, für den Glauben an ihn, für die Erlösung, und ich war schon so gefangen, daß ich nicht schrie über das Bild: Jesus wollte auch mich fischen, mich angeln oder im Netz aus meinem Element holen und ersticken lassen in der Luft, und ich dachte nur, was will er von mir, diesem kleinsten der Fische, ausgerechnet von mir, dem Kind. *Lasset die Kindlein zu mir kommen*, aber ich war ja schon bei ihm, in fast allen Räumen, in denen ich mich bewegte, war er sichtbar auf Bildern und Kreuzen unsichtbar anwesend und gab keine Ruhe, er wollte mich in seinen Netzen fangen oder hatte mich schon gefangen, ich sollte mich fangen lassen, war nicht im Netz, hing an der Angel, diesen Unterschied spürte ich genau, der Widerhaken riß in der Zunge, riß den Leib auseinander, trennte den Kopf vom Körper. Im Netz wäre es vielleicht angenehmer gewesen trotz der

Enge, mit mehr Nähe und Berührungen von andern Gefangenen, ich war aber allein, ich hing an der Angel und wußte nicht, wie lang die Angelschnur war und wie groß der Haken im Mund, ich zerrte und schlug und schnappte, mal war die Leine länger, mal kürzer, mal konnte ich sie vergessen und den Widerhaken im Mund vergessen, so ging es Jahre, und ich wurde stumm wie der Fisch und wurde der Fisch, mir wuchsen Schuppen an Ellbogen und Knien und Knöcheln, jede Turnstunde, jeder Sommer brachte den Beweis ans Licht: der hat Schuppen, der hat die Flechte. Wo einmal die Flechte war, konnte sie weiter wachsen, konnte die Arme, die Beine, den restlichen Leib erfassen und nach und nach mit Aussatz bedecken und dem Fisch ein nahtloses Schuppenkleid verpassen, darum rieb ich abends eine stinkende Tinktur auf Knie und Ellbogen und hatte beim Nachtgebet in der Nase den süßlich ranzigen Gestank, aber die Medizin, die mich vor der Fischhaut bewahren sollte, half so wenig wie die Bitte *mach mich fromm!*

Ich konnte nur auf lange, endlose Sommer hoffen und hielt die befallenen Körperteile in die Sonne, damit die Schuppen verschwänden, sie verschwanden auch ein wenig und wuchsen dann wieder nach, kein Arzt konnte ausschließen, daß sie nicht doch eines Tages den ganzen Körper bedeckten und anfraßen, so ging es Jahre, und ich war ein Fisch und blieb ein Fisch, stumm, schuppig, in ständiger Atemnot. Ich wollte kein Fisch sein und fürchtete darum das Wasser, wurde wasserscheu und ertrug trotzig diesen Vorwurf, wollte nicht schwimmen lernen, wollte den Fischen nicht noch ähnlicher werden, traute dem Wasser nicht zu, mich zu tragen, einen, der nicht richtig Kind, nicht richtig Fisch war und der nicht richtig atmen konnte und an der Angstleine zappelte. Ich sah die Augen der Heringe auf dem Teller, meine Augen, sie sahen nichts mehr, sie glotzten nur leer in die Welt, und auch ich wollte nichts mehr sehen, wollte nur fort und die Angel loswerden und die Stummheit und die Schuppen, aber ich konnte nichts weiter tun als mich dem Zug der Angelschnur anpassen und den Schmerz vermindern oder auf andere Partien des Körpers verschieben, immer darauf gefaßt, plötzlich in die Luft gezogen zu werden und das Atmen ganz aufgeben zu müssen, ich wollte nicht stumm sein und fand mich ab mit der Stummheit, ich wollte die Schuppen ablegen und hörte nicht auf zu fragen, warum sich die Haut von mir trennte und wer sie mir wiedergeben könnte eines viel zu fernen Tages. Ich suchte festen Boden unter den Füßen, wollte weg vom Wasser, ich wollte nie mehr gezogen werden und haßte alle Jäger mit Flinten und Angeln und wußte das alles nicht zu sagen.

Wo bin ich? Ich bin da, wo die Mitte ist. Im Weltall die Erde, im Mittelpunkt der Erde Europa, in der Mitte Europas Deutschland, in dessen Mitte Hessen, und, so weit vom Sog Frankfurts wie von den Ausläufern Kassels, mitten im Hessenland, nur etwas nach Osten verschoben, der Kreis Hünfeld, und wenn mein Dorf auch nicht in der Mitte des Kreises lag, es war doch gleich weit entfernt von Hünfeld wie von Bad Hersfeld, in der Mitte zwischen beiden Städten Wehrda. Hier war es leicht, sich ein Bild von der Welt zu machen und einen Mittelpunkt zurechtzulegen und diesen Punkt vom Fenster aus zu sehen wie ein Nest: in der Mitte des Ortes, in der Mitte aller Mitten, Haus, Hof, Kirche, Kirchplatz. Das Haus zum Wohnen, der Hof zum Spielen, die Kirche ein Arbeitsplatz, der Kirchplatz der Drehpunkt der Welt, ein runder, halb mit einer niedrigen Sandsteinmauer eingefaßter, mit acht Linden bestandener alter Dorfanger, wie eine Insel leicht erhöht über den vier Straßen, die hier zusammenliefen, ohne den Platz zu zerschneiden oder zu verkleinern.

Der Mitte sicher, zog ich die Kreise Schritt um Schritt, immer weiter um das Haus herum, in dem ich wohnte. Draußen war das Atmen leichter, draußen fing etwas Neues an, ein Spielplatz die Welt. Eine offene Haustür, die Sprünge drei Stufen hinab, fünf, sechs lange Schritte durch den schmalen Blumengarten, *mach das Tor zu, die Hühner!*, über den Hof und, an Fliederbüschen und der Hoflinde vorbei, die dicke Mauer kein Hindernis, das Einfahrtstor offen, schnell unter den Linden des Kirchplatzes, bei den Bänken, kaum mehr im Gesichtsfeld der Eltern, gerade noch erreichbar von ihren Stimmen, aber schon näher den Freunden und näher dem anderen Leben, am Treffpunkt in der Mitte der Mitte.

Vier Straßen, zehn Nachbarhäuser, was macht der, was macht die, wo gehört der hin, was ist das? Immer tätig zwischen Scheunen, Ställen, Haus und Garten mit Eimern, Gabeln, Schippen, Kannen, Besen, Kuchenblechen, Wasserschläuchen oder den Maschinen fürs Feld, geschäftig mit Kühen, Schweinen, Pferden, Hühnern, im Kreislauf des Fütterns und Schlachtens, des Ackerns und Erntens, leicht gebückt und von ihrer harten Arbeit gebeutelt, sahen die Bauern doch auf, wenn ich, allein oder mit Freunden, mich von der Straße zu ihrem Hof wandte. Man mußte nur *Guten Tag!* sagen, dann grüßten sie zurück und teilten eine sparsame, umstandslose Freundlichkeit aus. Manchmal drang ich bis in die dunklen Küchen vor, beobachtete beim Essen grobe gebückte Bewegungen, feste, schrundige Hände, schamlos kräftige Arme und weiße Stirnränder der Männer, die hell leuchteten gegen das rötliche Braun des Gesichts, wenn sie die Arbeitsmütze abgenommen hatten. In der Küchenwärme, unter den klebrigen Fliegenfängern voll schwarzer Fliegenreste, zwischen den Gerüchen nach Mist, Kartoffeldampf und kuhwarmer Milch, ertrug ich den Spruch *Pfarrers Kinder, Müllers Vieh, geraten selten oder nie* leichter als anderswo, weil eine versteckte Anerkennung, ein Augenzwinkern darin lag, das mir sagte: du kannst ja nichts dafür.

Ein Kinderspiel, von der Welt Besitz zu ergreifen. In jedem Nachbarhaus geduldet, sah ich lauter gute Leute im Dorf, Nachbarn waren fast alle, keine Tür verschlossen. Wo ich entlanglief, mit Freunden oder allein, zwischen Höfen und Türen, über Schotterstraßen oder hinter den Häusern über Lehmwege und Gartenwege, selbst die verbotenen Wiesen und Gärten, alles gehörte zu meiner

Mitte, alles gehörte mir, was Schritte und Hände und Blicke erfaßten

Da durfte ich auf dem Traktor mitfahren, dort war ich aufs Pferd gehoben worden, ich wußte, in welche Ställe ich zu welchen Zeiten gehen durfte, wer mit den Händen molk, wer die aluminiumglänzende Melkmaschine von Miele benutzte, an allen Stalltüren das blaue Schild mit dem hessischen Staatslöwen *Tuberkulosefreier Rinderbestand*. Misthaufen stanken nicht, lästig waren nur Kuhfladen und Jauchepfützen, bequem die Milchkannen als Hocker, Zaunlatten als Turnstangen, das Heu in der Scheune zum Versinken und Verstecken. Kartoffelkäfer und Quecke waren auch meine Feinde, das Verbot, durch Wiesen und Weizenfelder zu trampeln, brauchte mir nicht erklärt zu werden, ich wußte Grummet und Heu am Geruch zu unterscheiden und sah zu, wenn im späteren Sommer die riesige Dreschmaschine bei den Nachbarn in der Scheune stand und sechs, sieben, acht Männer im Lärm der Dieselmotoren, neben ledernen Treibriemen und Rüttelsieben daran arbeiteten, aus Ähren und Garben das Korn in Säcke rieseln und die Halme zu Strohballen pressen zu lassen, ich stand im Staub aus Spreuresten und bekam, wenn die Belohnung fürs Arbeiten und Zuschauen folgte, etwas ab vom Dreschkuchen, riesige Bleche voll Streuselkuchen oder Obstkuchen mit Schmand.

Bei den Leuten mit Holzschuhen und Küchenschürzen, auf Melkschemeln und bei Schlachtefesten, vor den Gärten und Ställen wurde eine andere, eine einfachere Sprache gesprochen, eine vom Takt der Arbeit bestimmte kernige Mundart, oft genügten drei, vier Silben und eine passende Geste. Man kam, so schien mir, mit der einen Gewißheit aus, daß man *schaffen* mußte, wenn man genug zu essen haben wollte, als Bauer oder als Schreiner, Schmied, Schuster, Stellmacher mit ein paar Kühen und Schweinen. Als Lebensmotto genügten die Leitsprüche der Raiffeisenkasse, *Einer für alle – Alle für einen*, und der Feuerwehr, *Gott zur Ehr – dem Nächsten zur Wehr.* Und die älteren Frauen, die mehr Nahrung für die Seele brauchten, fanden jeden Tag in den *Losungen* des Neukirchner Kalenders einen Bibelspruch, den Kalender hatten sie am Küchenschrank befestigt, bei uns hing er im Amtszimmer. Derselbe Spruch, den ich am Morgen in meiner Umgebung der amtlichen Gottessprache gehört hatte, verlor in den Bauernküchen, wenn ich ihn dort im gleichen Kalender entdeckte, etwas von seiner bannenden, gesetzlichen Kraft.

Als Sohn und Enkel im eigenen Haus mußte ich stottern und bangen, als Kind des Dorfes litt ich nicht. Aber beide Verwandtschaften gehörten zusammen, ich brauchte den Wechsel, hier und da, drinnen, draußen, und kopierte bei den Gängen durchs Dorf den Vater, der überall Zugang hatte, fast überall willkommen war, den Leuten zuhörte und ihnen zusprach. In der Bewegung von der Mitte nach draußen und zurück lagen alle Möglichkeiten, lag die Gewißheit, wirklich in der Mitte zu sein, alles gehörte zusammen wie die Balken im Fachwerk der Häuser. Ein Balken stützte den andern, Holz im rechten und spitzen Winkel ineinandergekerbt, das Holz lebt, hieß es, das Holz ließ die Farben abblättern, zwischen den Balken bröckelnder Lehm oder Backsteine, aber das Fachwerk hielt, wurde ausgebessert, schützte die Bewohner, schützte mich.

Ich bin, wo die Mitte ist, alles bewegt sich auf die Mitte zu. Alle ein bis zwei Wochen wurden die Häuser zu Kulissen, der Arbeitstakt wurde angehalten, und es begann ein schüchternes Theaterspiel, Hochzeit oder Beerdigung. In Zweierreihen bewegten sich die Leute entweder dem Pfarrer entgegen in die Kirche oder vom Trauerhaus zum Friedhof hinter ihm her. Es machte mich stolz, daß diese Aufführungen ohne einen Hauptdarsteller niemals stattfinden konnten, den Vater. Aber mehr als der Mann im Talar, mehr als das Paar oder der Sarg interessierten mich die Leute, die den Hochzeitszug oder die Trauergemeinde bildeten und eine Doppelrolle spielten, feiernd oder trauernd beteiligt am großen Ereignis, verwandt oder gut bekannt mit dem Paar oder den Toten, und gleichzeitig Darsteller auf der Bühne der Straße, der Neugier der Zuschauer ausgesetzt. Die Männer hatten die verwaschenen Ackerkleider abgelegt und traten in schlecht sitzenden, vererbten schwarzen Anzügen und weiß strahlenden Hemden auf und parodierten den Pfarrer, die Frauen wurden, wenn sie nicht in dunkler Tracht mit Rosenlappen gingen, in Blümchenkleidern und weißen Spitzenkragen auf einmal der Mutter ähnlich. Nur die faltigen Gesichter konnten sie nicht verkleiden, und in dem angepaßten Ernst, in der verwackelten Feierlichkeit als teilnehmende Darsteller blieb etwas Verschmitztes, als wüßten die Trauernden ebenso wie die Hochzeitsgäste, daß keine Verwandlung perfekt und endgültig ist, als brauchten sie den Rollenwechsel zwischen Arbeitsjacke und Schlips, das Auf und Ab zwischen Arbeit und Feiern, Schuften und Saufen.

So zogen sie an mir vorbei, mit ihren vieldeutigen Gesichtern und einsilbigen Nachnamen, Hühn, Röll, Vock, Zinn, Mohr, Roos, Trausch, Quanz, Lerch, Heinz, Trapp, Hahn, Stock, Lotz, Manns, und dazwischen Berlet und Billing, Opfer, Adolph, Sippel, Stuckardt, Gerlach, Döring, Bolender, ehe sie im Takt einer schwankenden Geselligkeit auf der kleinen Bühne der guten Stuben verschwanden, wo die Teller immer voller und die Stimmen lauter wurden und die Aufführung in der Dunkelheit des Abends auf ein Ende zutrieb, zu dem die kindlichen Zuschauer nicht zugelassen waren.

Wo bin ich, ich bin da, wo Fußball gespielt wird, auf dem Sportplatz, wenn in weißen Hemden und grünen Hosen elf Männer antraten unter dem Vereinsnamen F. C. Wehrda 1922, der auf ein Brett am Tribünendach gemalt war, und mit dem Ball gegen andere Männer, die in schwarzen oder roten oder blauen Turnhosen über den Rasen rannten, den Ruhm des Dorfes verteidigten. Sie waren Kreismeister der A-Klasse gewesen, sie trugen den Namen Wehrda hinaus in die Dörfer der Vorderrhön und führten jeden zweiten Sonntag ihre Künste vor. Ich wollte so schnell und geschickt sein wie sie, ich stand an der Barriere, die um das Spielfeld gesetzt war, und feuerte sie an, ich holte den Ball, wenn er aufs Feld flog, ich lief hinter ihnen her, wenn sie nach dem Spiel, oft noch in Fußballschuhen, den einen Kilometer zur Gastwirtschaft Lotz schritten, ich hörte das Klacken der Stollen auf dem Asphalt, ich wünschte mir solche Schuhe. Ich war nicht dabei, wenn sie den Sieg oder die unverdiente Niederlage oder das ungerechte Unentschieden mit Auerhahn-Bräu feierten, ich hörte nur ihre Gesänge über den Kirchplatz schallen *Trink, trink, Brüderlein, trink* und *In einem Polenstädtchen, da wohnte einst ein Mädchen* und *Die Kirmes hat en Loch, en Loch, en Loch.* Weit entfernt war ich von diesen Männern zwischen zwanzig und dreißig, die von einem ehemaligen Nationalspieler trainiert wurden, der als Flüchtling im Dorf geblieben war. Ich hätte es nie gewagt, einen dieser Helden anzusprechen, die unter dem Namen Wehrda auftraten, Billing oder Gerlach oder Stock oder Manns, ich konnte mir nicht vorstellen, von ihnen eine Antwort zu erhalten auf meine Fragen, nicht einmal nach den Aussichten für das Endspiel der Weltmeisterschaft und wo sie die Übertragung hörten.

Ich bin, wo die Mitte ist, wo gesungen wird. Männer formierten sich zum Chor, der Lehrer hob die Arme, schwang die Hände und wurde Dirigent genannt, die Männer im Halbkreis summten den Grundton und sangen bei hohen Geburtstagen vor den Haustüren *Im schönsten Wiesengrunde* oder *Wie herrlich sind die Abendstunden*, sangen am Ehrenmal *Ich hatt einen Kameraden*, bei Hochzeiten in der Kirche *Ich bete an die Macht der Liebe*, sie standen eng auf dem Friedhof zwischen den Gräbern und sangen *Es eilt dahin die Lebenszeit*, zu jeder festlichen Gelegenheit gab der Gesangverein mit ruppigen Bässen und kühnen Tenorstimmen den Ton an für die passende Stimmung. Wenn die Sänger am Samstagabend im Saal der Gastwirtschaft Lotz probten *Und in dem Schneegebirge* und *In einem kühlen Grunde, da geht ein Mühlenrad,* wenn ihre Lieder über den Kirchplatz bis an unser Haus, bis in mein Zimmer wehten, *Hast du geliebt am schönen Rhein* und *Dort unten in dem Tale,* lag ich schon im Bett und stellte mein Gefühl ganz auf die Gesänge ein, denn die Melodien und die Texte, die ich im Lauf des Abends immer weniger verstand, banden mich näher an das Dorf als die Melodien und Texte der Choräle. In den Wäldern und Tälern, von den Männern besungen, sah ich meine Wälder und Täler, sah den kühlen Grund und das Schneegebirge in der nahen Rhön, sah den schönen Rhein an der Haune liegen und sah mich wandern auf den Höhen über dem Dorf. Der Chor sang sich in die Landschaft hinein und nahm mich mit, ich summte mit, wollte ein Sänger sein, Sänger stottern nicht, die Harmonien der *Abendglocken* und *Mondnacht* galten auch mir, nahmen den Druck von mir, erleichterten das Sinken in die Wellen des Schlafs.

Ich bin, wo die Mitte ist, aber wo endet die Mitte? Abends, bei ruhigem Wind, hörte ich hinter dem Wald, tief im Haunetal, die D-Züge und Güterzüge auf der Strecke zwischen Hamburg und München oder Frankfurt vorbeijagen, nur zwei bis drei Kilometer von meinem Zentrum entfernt. Daneben fuhren Tag und Nacht die schweren Lastwagen und die immer bunteren Autos, so viel Verkehr auf der Bundesstraße 27, daß man in der *Hersfelder Zeitung* nach einer Autobahn rief. Der Nord-Süd-Verkehr durch die Kreise Hünfeld und Hersfeld wurde schlimm, im Nachbardorf Neukirchen, das sich aralblau und essorot zu färben begann, starben Kinder unter den Autos, meine Mitte blieb von allem verschont. In Wehrda gab es kein größeres Unglück, kein Hochwasser wie in Rhina oder Langenschwarz, kein Güterzug entgleiste und ließ Benzin in die Haune laufen, mit Sensationen konnte nicht gerechnet werden.

Es gab nur die eine Bedrohung, gleich hinter den nächsten Bergen lauerte das Reich des Bösen, hinter den Stacheldrähten die düstere Ostzone Walter Ulbrichts. Aber die Amerikaner schützten meine Mitte, sie hatten die stärkeren Panzer mit weißem Stern, kurz vor Hersfeld fuhr der Bus an Kasernen vorbei, ich sah die Amis auf dem Posten, ich sah sie im Manöver, sie beherrschten das Gelände, sie beherrschten die Luft, sie funkten, sie schützten meine Wälder, sie kauten mit offenem Mund, sie lachten, als sei alles ein Spiel.

Hohe, dichte Wälder, Schutzwälle aus Buchen, Fichten, Eichen hielten die Stürme ab und umgaben in einem Dreiviertelkreis den Ort, an dem ich nicht verloren war. In nördlicher Richtung, mit gehügelten Feldern und mattgrünen Wiesen bestückt, lag eine breite Öffnung, die sich auf die Dorfmitte hin trichterförmig verengte, und auch die vier mit Apfelbäumen bestandenen Straßen, die aus Rhina und Schletzenrod durch das unbewaldete Land, aus Langenschwarz und Rothenkirchen mit vielen Kurven durch den Wald herführten, fügten sich in die leicht absteigende, von drei Waldrändern markierte Trichterform ein, als sollte für den, der aus den Nachbardörfern oder von weiter her kam, die Landschaft genau hier münden, in diesem Tal, in dieser Mitte, als endeten alle Straßen hier oder könnten hier beginnen. Das Dorf in der Mulde, von Fichtengrün und Buchengrün weiträumig umschlossen, zwischen Häusern, Kirche und Schlössern gaben Kastanien, Linden, Birken, Pappelreihen vielfältiges Grün dazu, lag im Schoß der Landschaft oder war wie ein Schoß, in den ich mich wieder und wieder hineinziehen ließ. So sicher war ich meines Ortes in der weiten Welt, daß ich im Alter von zehn Jahren mit der Schreibmaschine des Vaters auf ein großes Blatt Papier einen *Weltplan* getippt hatte, in dem ich das Glück, in der Mitte zu sein und von der Mitte aus alles zu erfassen, nicht hoch genug stapeln konnte. Nach dem Vornamen und dem Nachnamen folgten acht Zeilen: *Beruf: Dichter. Ort: Wehrda. Kreis: Hünfeld. Land: Hessen. Staat: Deutschland. Kontinent: Europa. Planet: Erde. Welt: Weltall.*

Die Glocken läuteten, ich stand im Hausflur unter dem Spruchbild *Wer ein- und ausgeht durch die Tür / Der soll bedenken für und für / Dass unser Heiland, Jesus Christ / Die rechte Tür zum Himmel ist.* Die Buchstaben waren in altem Stil und mit Goldpunkten verziert, ich beachtete die Mahnung *der soll bedenken* nicht, ich hatte sie zu oft gesehen, zu oft bedacht. Ich trug über dem Hemd eine graue Jacke gegen die Sommerkühle in der Kirche, war frisch gekämmt, die Haare halbnaß, hielt ein Gesangbuch fest und wartete auf die Mutter, die dem Hausmädchen Anweisungen für das Mittagessen und die Betreuung der kleinen Schwestern gab.

Ich ging mit, wohin die Glocken riefen, ich tat etwas, wozu ich nicht gezwungen oder gedrängt war, ich ging zwei Schritte weiter, als man von mir erwartete, vielleicht um mir Zuneigung zu erhandeln oder die Zusage für das Radiohören am Nachmittag abzusichern, vielleicht um mich selbst für eine Stunde in die Erwachsenenwelt zu heben oder die Nähe der Mutter zu gewinnen, vielleicht aus Neugier oder einer Mischung aus allem. Die Glocken klangen lauter und freundlicher als am frühen Morgen, die tönenden Magneten, die mich anzogen und abstießen, abstießen und anzogen mit ihrem wuchtigen Dreiklang, schöner als das bettelnde Hämmern einer einzelnen Glocke beim Vaterunserläuten oder Mittagsläuten oder *Hinläuten*, wenn dem Dorf bekanntgegeben wurde, daß jemand gestorben war.

Durch die offene Haustür sah ich über den blühenden Garten hinweg erst unter den Linden auf dem Kirchplatz, dann näherkommend hinter der Hofmauer die Köpfe der Kirchgänger, Männer nahmen vor der Tür den Hut ab, eine Frau zog ihr Kopftuch fest, fast alle blickten kurz auf, als müßten sie noch einmal Atem holen, ehe sie in die dünne, feierliche Höhenluft des Kirchenraums tauchten. Kinder waren nicht zu sehen, für Kinder war der Kindergottesdienst da, ich hörte die Glocken, dachte an die Kinder, die nicht zur Kirche gingen, und fand in den Glocken einen Rhythmus wieder, den Rhythmus eines Gedichts, das wir gerade gelernt hatten in Deutsch, *Es war ein Kind, das wollte nie / Zur Kirche sich bequemen,*

Verse und Reime, die sich immer deutlicher in den Glokkenklang mischten und mich unangenehm berührten. Obwohl ich mich oft zur Kirche *bequemte*, selbst wenn es nicht *befohlen* war, kannte ich die Lust des Kindes im Gedicht, *den Weg ins Feld zu nehmen*. Mir brauchte man nicht zu sagen, daß die Kirchzeit nicht die rechte Zeit für *den Weg ins Feld* war, trotzdem kannte ich den Konflikt und spürte, obwohl meine Mutter nie so drastisch wurde, die Drohung, den Fluch der Mutter im Gedicht: *die Glocke wird dich holen*. Ich wußte, wie fest die Glocken oben im Turm in den Balken hingen, und konnte doch die Vorstellung nicht aus dem Kopf schütteln, die, im Glockentakt gereimt, so schrecklich wie komisch war, *Die Glocke Glocke tönt nicht mehr, / Die Mutter hat gefackelt. / Doch welch ein Schrecken hinterher! / Die Glocke kommt gewackelt*. Ich fühlte die Überraschung, den Schrecken des Kindes, das von der Glocke, die sich losgemacht hat, verfolgt und gejagt wird, *Sie wackelt schnell, man glaubt es kaum, / Das arme Kind im Schrecken, / Es läuft, es kommt als wie im Traum, / Die Glocke wird es decken.*

Die drei Glocken riefen, ich gehorchte, ich war bereit, es war alles in Ordnung, ich widersprach nicht, war nicht in *Anger, Feld und Busch*, aber ich sah mich in *Anger, Feld und Busch*, sah das Lesebuchbild, wie die Glocke über das Kind stürzt und kurz davor ist, es zu *decken*, einzusperren, zu zerschmettern oder ersticken, sah mich erstickt, zerschmettert, eingesperrt, gedeckt. Ich leistete mir solchen Ungehorsam nicht und fühlte ihn trotzdem samt der Strafe, die ihm folgte: ich verstand das Gedicht, verstand vielleicht kein Gedicht besser als dieses, ich haßte das Gedicht, sah hinter den Zeilen, den Reimen vertraute Gefahren. Ich verwünschte den Dichter, der unser größter Dichter sein sollte, weil er mit dem Schrecken des *armen Kindes* spielte, und war enttäuscht, daß die Unterwerfung unter solche Befehle der Eltern und ihren lieben Gott sogar in einem Lesebuchgedicht verlangt und verherrlicht wurde, *Und jeden Sonn- und Feiertag / Gedenkt es an den Schaden, / Läßt durch den ersten Glockenschlag, / Nicht in Person sich laden.* Das Bündnis des Dichters mit dem Deutschlehrer bekräftigte das Bündnis von Vater und Mutter und Glocke und Kirche, der Dichter ließ dem Kind keinen Ausweg, er schlug es sogar mit der *wandelnden Glocke,* bis es sich fügte, was war von der Dichtung zu erwarten, wenn sie zu denen hielt, vor denen ich zittern und stottern mußte, und die Hoffnung auf etwas Neues, auf eine bessere Aussicht verschloß, die ich im Fußball, auf dem Fahrrad, in der Arithmetik der Lügen und in flüchtenden Phantasien zu entdecken begann – so ähnlich dachte ich, ohne es zu merken und ohne Sprache, weil es der Gedanke einer Sekunde war, verflogen wie die Glockentöne einer Minute, die längst von neuen Glockentönen überlagert, zugedeckt, zerschmettert waren.

Die Großeltern kamen die Treppe hinunter, ich sagte «Guten Morgen!», sie wiederholten den Gruß, der Großvater im schwarzen Anzug prüfte mich, obwohl er jeden strengen Eindruck vermeiden wollte, lächelte und schien zufrieden mit Haltung und Kleidung des ersten seiner elf Enkel, er hatte in meinem Alter Uniform getragen und fand es immer noch richtig, daß er als Kind schon Soldat gewesen war. Die Großmutter lächelte zärtlicher, eher bemüht, die Strenge ihres Mannes auszugleichen, sie ging auf mich zu, nahm das Gesangbuch aus der rechten Hand und legte den Arm um meine Schulter, sie erwartete keine Worte von mir, keinen Dank, keine gehorsame Haltung, und mit der flüchtigen Geste gelang es ihr, mich aus meinen Gedanken zu rütteln.

Durch die Haustür sah ich ihnen nach, wie sie zur Kirche gingen, langsam im Glockentakt, sie größer als der Kapitän a. D. Morgen würde der Großvater mit schnelleren Schritten zum Bus laufen, in Neukirchen in den Personenzug, in Bad Hersfeld oder Hünfeld in den Eilzug oder in Bebra oder Fulda in einen D-Zug steigen, immer die genaue Verbindung im Kopf und das Kursbuch in der Tasche, und nach Bad Kissingen oder Bad Pyrmont oder Schleswig-Holstein fahren zur *Evangelisation*. Wenn die Großmutter allein war, hatte sie mehr Zeit für Überraschungen aus Schubladen, für Spiele und Geschichten um die mecklenburgischen Bilder an den Wänden.

«Komm», sagte die Mutter, nahm meine Hand, und die Glockentöne ließen uns Zeit, rechtzeitig vor dem Vater, der als letzter ging, unter dem Geläut wie unter einem Klangdach durch den Vorgarten zu pilgern, wenige Schritte von der Haustür zur Kirchentür.

Der Vater Pfarrer redete, er beherrschte die Sprache und zog mit dem gebieterischen Schwarz des Talars und mit lauter, freundlich fordernder Stimme alle Aufmerksamkeit auf sich. Das ganze Dorf, schien mir, hörte ihm zu, unten im Kirchenschiff die Frauen, hoch oben auf der Empore die Männer, und auf der mittleren Empore, wo ich neben der Mutter in einer Reihe mit den Großeltern saß, die Jugendlichen und einige Leute, die sich der überlieferten Sitzordnung nicht fügten. Er hatte die *liebe Gemeinde* die ausgewählten Lieder singen lassen, *Die helle Sonn leucht jetzt herfür, fröhlich vom Schlaf aufstehen wir*, und selbst am lautesten gesungen, ich hatte mitgesungen, neben der festen Sopranstimme der Mutter und nahe der kräftigen Großvaterstimme, im Singen stotterte ich nicht. Die *liebe Gemeinde* hatte er vom Altar aus durch die Liturgie dirigiert mit Rede und Gegenrede, Singen und Antwortsingen, mit Stehen, Sitzen, Stehen, und hielt nun, aufgestiegen auf die holzgetäfelte Kanzel, die Predigt. Eine Steinsäule, darauf Weinreben, Blätter, Trauben und ein Engelskopf mit der Tafel LEX ET EVANGELIUM gemeißelt, trug die Kanzel, die oben mit dem grünen Webtuch *ER ist unser Friede* geschmückt war, und zwischen beiden Sprüchen, zwischen oben und unten bewegten sich seine Worte, ich sah seine Worte eingerahmt, aufsteigend und fallend zwischen dem gewebten und dem gemeißelten Satz.

Auf der Kanzel war er uns nahgerückt, sein Kopf nicht mehr unter dem Gekreuzigten vor dem Altar, sondern in Höhe der mittleren Empore, *ER ist unser Friede*, ich verfolgte die unregelmäßigen Bewegungen seines Adamsapfels, seines Beffchens unter dem Hals und im weiten schwarzen Ärmel die Arme und Hände, mit denen er den Worten Auftrieb gab. Von Joseph und seinen Brüdern sprach er, von Verzeihen und Vergeben, und schickte die Sätze, nach Stichworten frei sprechend, nach vorn, nach unten und oben. Er suchte Gesichter, auf die er einsprach, wechselte die Ansprechpartner, schien keinen auszulassen, die fleißigfrommen Bäuerinnen, die Adligen in ihrem Familiengestühl, unruhige junge Männer auf den oberen Bänken, Flüchtlinge, die immer noch Flüchtlinge genannt wurden, Mechaniker und Angestellte, mürrische Bauern und stille junge Mädchen, den Ingenieur, den Lehrer an der Orgel, die Großeltern und meine Mutter, allen versuchte er passende Worte für die Woche mitzugeben. Oft schaute er zu den Männern hinauf, die fast unter der Decke rechts und links der Wand auf langen Bänken nebeneinander an der Balustrade sitzend sich auf die Arme lehnten zum Halbschlaf, entfernt von der ernsten Mitte des Gottesdienstes waren sie auf der *Bank, wo die Spötter sitzen*, von seinen Blicken kaum zu kontrollieren und davon abzubringen, zu flüstern und die Frauen unten zu mustern.

Er suchte oder streifte auch mein Gesicht, ich hielt seinem Blick nicht stand, vielleicht weil ich mit fünf oder sechs Jahren in einer solchen Situation, am Heiligabend am feierlichen Beginn des Gottesdienstes, laut und freudig durch die randvolle Kirche gerufen hatte *Da ist ja der Vater!* und mit dieser Geschichte immer noch gehänselt wurde. Ich wollte mich nicht noch einmal blamieren mit einer Gefühlsäußerung in der Kirche, über den Abgrund zwischen Empore und Kanzel hinweg, jeder Blick konnte eine falsche Reaktion, ein Grinsen auslösen, ich sah zur Seite, studierte die Rankenmuster auf dem grüngrauen Gebälk, sah weg vom Vater, der die Leute aufmunterte oder langweilte mit der Geschichte aus Ägypten vom guten Joseph, der seinen bösen Brüdern verzeiht. Die Geschichte klang wie alle Geschichten, wie die *Gleichnisse* vom Steuermann, dem der Stern Gottes den Weg weist, vom Bauern, der pflügt und nicht zurücksieht beim Pflügen, vom Sämann, vom Ölbaum, immer war eine dieser eindeutigen Geschichten aus der quälerischen Landwirtschaft des Alten oder Neuen Testaments zur Hand, und anders als in den Märchen siegte das Gute sofort.

Ich hörte der Vaterstimme zu und hörte ihr nicht zu, hörte nur den Wortteppich und breitete meine eigenen Gedanken darüber aus, versuchte mich darauf auszuruhen, ich konnte mich in die biblischen Geschichten und Deutungen nicht verlieren wie in ein Buch, sie waren nur der sprachkräftige Ausschmuck einer Vorschrift, deshalb zogen sie mich an und stießen mich ab, stießen mich zurück. Mein Vater gab sich Mühe, den Geschichten einen menschlichen Ton zu geben, das Erlösende, Befreiende, das Frohe der Botschaft zu vermitteln, aber in seiner lockeren Anstrengung, in der energischen Betonung mancher Silben steckte etwas von der Furcht, vergeblich zu reden und mit Worten die Menschen nicht zu erreichen oder eine Ermutigung herzustellen, die länger als eine Predigt, einen Sonntag, eine Woche dauerte.

Meine Mutter sah ich erfüllt von diesen Worten, im Kokon einer frommen Gewißheit, mit einem inneren Stolz und einem stillen Leuchten in den Augen. Selbst in der Predigt waren die beiden sich nah, mir schien, daß er manchmal direkt zu ihr sprach und sie jedes seiner Worte *in ihrem Herzen bewahrte*. Sie bemerkte meinen Blick, sie sah mich beschwichtigend an, um Geduld bittend, aber ich sah weg, hinunter auf den Altar, den sie an jedem Sonnabend mit Blumen schmückte, zu den brennenden Kerzen auf den beiden Leuchtern und zum schwarzen Kreuz in der Mitte, auf den orangeroten Teppich mit Weinstockmuster davor, den Holzleuchter darüber, alles fest, oft gesehen wie das INRI-Schild und doch von Rätseln durchsetzt. Ich scheute den Blick auf das schmerzverzerrte Todesgesicht und die fürchterlichen Nägel auf Händen und Füßen, starrte dann doch zum Abbild des toten nackten Heilands, über den zu viele Wunderdinge erzählt wurden. Warum sollte gerade dieses Gesicht ein Ausdruck höchster Liebe sein? *Er hat auch für dich gelitten*, diese Begründung reichte nicht, ich konnte und wollte nicht einsehen, weshalb man sich an einem Sterbenden weidete, so viel Leben aus einem Gequälten sog, warum wir einen Toten anbeten mußten.

Ich sah weg und wollte in keine Gesichter schielen, sah an den Wänden in roter Farbe die Schmuckschrift, die Flammenschrift mit Psalmenversen an der Wand, sah in den Fenstern die Rautenmuster, am Rand der Verglasung kleine rote und blaue Rechtecke leuchten und prüfte, ob die Nummern der Lieder und Verse auf den zwei Tafeln, die ich von meinem Platz aus im Blick hatte, übereinstimmten und die Konfirmanden keine Fehler gemacht hatten.

Auf den Sinn der Predigtsätze, die ohnehin nur für Erwachsene gedacht waren, achtete ich nicht mehr, ich hörte nur einzelne Wörter heraus, hörte der Vaterstimme zu, die zwischen Höhen und Tiefen, zwischen betonten und unbetonten Silben gekonnt wechselnde, mal leiser, mal lauter modulierende Stimme, und fragte mich, ob nicht doch eine fremde, eine von Gott gegebene Stimme aus ihm sprach, eine fremde Kraft seine Hände und gemessenen Gesten lenkte, ob vielleicht doch der vielberufene Heilige Geist seinem Gesicht diesen beinah heiteren, zugewandten Ausdruck gab. Wenn es nicht der Raumklang der Kirche ist, der diesen von oben heranschwebenden, starken und wenig bedrohlichen Ton erzeugt, wenn seine Stimme also von einer fremden Stimme gespeist wird, überlegte ich, verfügt er über sie nur bei Gottesdiensten, Taufen, Hochzeiten? Liegt in der Predigerstimme mehr Wärme als in der Vaterstimme? Und wenn die bannende, tröstende Kraft seiner Stimme nur während seiner dienstlichen Auftritte zu spüren ist, muß er dann nicht, so dachte ich weiter, ohne in Worten zu denken, über zwei Stimmen, zwei Kräfte, zwei Seelen verfügen, eine menschliche und eine göttliche?

ER ist unser Friede, der Kanzelspruch meinte Christus, ich sah den Vater Pfarrer reden und seine linke Hand neben dem Spruchtuch liegen. Ich übertrug, als müßte ich meine Verwirrung noch steigern, die Worte auch auf ihn, weil er nicht mein Friede war, sondern mich dem fürchterlichsten Unfrieden dieser Fragen aussetzte. Im Schrekken solcher Vermutungen war ich verloren, für immer allein gelassen mit der Ungewißheit, ob ich es mit der väterlich-menschlichen oder der väterlich-göttlichen Seite zu tun hatte, und darum traute ich beiden nicht – der göttlichen nicht, weil sie nur im Glauben zu haben war, der menschlichen nicht, weil sie mit göttlichen Splittern und Scherben durchmischt war oder jederzeit in die göttliche umkippen konnte.

Was für ein Mann war das, der mit seiner eigenen Stimme *im Namen des Vaters* sprechen konnte, in seinem Namen und *in seinem Namen*? Warum stieß er mich mit solchen Formeln in die betrügerische Zweideutigkeit jedes Wortes zurück, warum verdarb er damit sogar das einfache Wort Vater? Ich wußte nicht, ob er diese Zweideutigkeit absichtlich schürte und warum er mir nicht half, indem er sich Vati oder Papa oder Papi nennen ließ wie andere Väter, warum er sich so anreden ließ wie seine Frau ihren Vater, meine Mutter den Großvater anredete, warum er auf der Anrede bestand, mit der wir den Herrgott anredeten, und warum ich es nicht wagte, ihn anders zu nennen oder es wenigstens zu probieren.

Ich versuchte mir zu helfen und ihn mir vorzustellen ohne den schwarzen Talar, sah ihn, wie er Briefmarken sortierte, Dias rahmte, eine Extrarunde mit mir auf dem Motorrad drehte, seine Schülerwitze im Kasseler Dialekt machte, sich im Garten bückte. Bei einigem Abstand zu Kirche und Amt, auf Reisen, bei Verwandten, war er schon ein anderer Mensch, und am liebsten sah ich ihn, wenn er sich neben die Eisenbahn kniete, die an Weihnachtstagen durch sein Arbeitszimmer fahren durfte, und für Augenblicke, auf dem Teppich liegend, den Aufziehschlüssel der Lokomotive in der Hand, das Kind in sich zeigte und das flüchtige Bedauern, erwachsen zu sein, ehe er seinen unsichtbaren oder seinen schwarzen Talar wieder anlegte und von oben herab sprach.

Hinter dem Altar an der Wand saßen auf ihrer Bank die Kirchenältesten, die vor der Predigt mit dem Klingelbeutel herumgelaufen waren. Über ihnen steinerne Gedenktafeln für die toten Soldaten von 1870/71, *Es kämpften für König und Vaterland*, und daneben die von 1914–1918, *Helden, gefallen im Ringen um Deutschlands Ehre und Sein, Nie soll ihr Name verklingen, heilig soll er uns sein.* Auch der Name des Vaters meines Vaters stand in so eine Tafel gemeißelt in Westfalen, ich hatte Glück gehabt, mein Vater war nur in Gefangenschaft gewesen, fast drei Jahre bei den Franzosen, ohne schwere Wunden zurückgekommen, dank *Gottes Segen*, Glück, hatte sich fünf Jahre nicht gezeigt, Pech, und war dann plötzlich aus dem Boden gewachsen als *der* Vater, was für ein Glück, und aufgestiegen ins dunkle Gewand unnahbar, Pech, nein, Glück, wenn ich an die Kinder mit toten Vätern dachte.

Unten neben den Frauenbänken hatten die Adligen ihren *Stand*, die Baronin und ihre Familie, die alles besaß, nur den Vater nicht. Wie in einem offenen Kasten hockten sie da zu fünft, gleichsam ausgestellt auf den Plätzen, die ihnen niemand streitig machen durfte, die oberen Körperhälften unter den Kontrollblicken der restlichen Gemeinde von unten, von oben, von der Mitte und immer nah am Pfarrer, aber sie saßen in ihrer Loge auf Sitzkissen, weil die Baronin das Patronat über die Kirche hatte. Sie waren Besitzer, ihnen gehörten mehr als zwei

Drittel der Wälder ringsum, das andere Drittel besaß die andere Adelsfamilie, die in der mittleren Kirchenetage, neben unseren Plätzen, ihren eigenen *Stand* hatte. Sie wohnten im Schloß, sie hatten das Schloß Flüchtlingen geöffnet, Flüchtlingen von Adel, sie hatten mehr Macht, mehr Geld als die anderen im Dorf, sie versuchten sich gut zu stellen mit allen und zu arbeiten wie alle, sie öffneten das Dorf für die ersten Besucher aus USA und Finnland, aber das wichtigste war, sie saßen in der Kirche auf Kissen. Ich beneidete sie um diesen Luxus und hätte trotzdem nicht so ausgestellt dort sitzen mögen wie die Baronin, die Königin des Dorfes, die jeden Sonntag in kräftigen Halbschuhen mit Profilsohle, grünbraunem Rock, dunkelgrüner Jacke, nicht ganz Försterin, nicht ganz im Jagdkleid, ihre Loge betrat. Eine Stunde lang mußte sie den steinernen Rittern gegenübersitzen, ihren Vorfahren, die in ihrer Rüstung oder im Damengewand vor einem blutenden Christus über Totenschädeln und der Schlange des Teufels auf den Grabmälern in der Kirchenwand knieten. Wenn ich neben der Baronin ihre Kinder und Verwandten sah, Mädchen mit schönen, selbstbewußten Gesichtern, mit einem adligen Blond in den Zöpfen, überlegte ich, ob es nicht leichter sei, ein Kind dieser bessergestellten Menschen zu sein, nicht nur wegen der Wälder oder Sitzkissen, sondern weil im Schloß ein anderer, lebhafterer Rhythmus von Strenge und Fröhlichkeit herrschte als im Pfarrhaus. Dagegen sprach aber: diese Kinder hatten keinen Vater mehr, der Baron war in den letzten Tagen des Krieges getroffen, gefallen, schon dieses Schattens wegen hätte ich nicht tauschen wollen.

Ich hatte einen Vater, lebendig, mächtig, laut, sogar einen, der viele Leute zusammenbrachte, die zu ihm aufsahen, ihm zuhörten, und nun dösend oder aufmerksam seine letzten Sätze erwarteten. Ich war wieder stolz auf ihn, beneidete ihn um seine souveräne Sprache und die Sicherheit, einmal in der Woche im Mittelpunkt zu stehen und, ohne rot zu werden oder vom Blitz getroffen zu werden, *Im Namen des Vaters, des Sohnes und des Heiligen Geistes* zu reden. Vielleicht konnte ich von ihm lernen, vielleicht sogar das Sprechen, vielleicht mußte ich nur besser zuhören, besser atmen oder auf den Stimmbruch warten die drei Jahre. Oder war es das Beten, der Glaube, die seinen Worten die Zauberkraft gaben, ich wußte es nicht, wieder hatte ich nicht herausgefunden, welche magischen Fähigkeiten seine Rede vorantrieben, aus der nun immer häufiger das eine, einsilbige Wort Gott hervorstach, das Rätselwort, das Zentralwort, das Anfangswort und Punktwort Gott.

Eins wußte ich: wo Gott wohnt, ist es nicht warm. Mir war kalt, immer war der Kirchenraum kühl, im Sommer gab es keine Wärme aus der Heizung, ich zog die Jacke fester zu. Unter der Kanzel und neben dem Taufstein, mitten in der Kirche war der dunkle, schwarze Heizungsschacht und nur ein Gitter über dem Loch, Eingang zur Hölle. Da unten loderte im Winter das Feuer, einen größeren Ofen konnte ich mir nicht vorstellen, da wurde Koks geschaufelt, da war alles schwarz, und im Herbst sammelten sich die Kröten vom Garten auf dem nassen Beton vor der Heizungskellertür. Nein, ich glaubte nicht an die Hölle, es war nur ein spielerisch ketzerischer Gedanke. Im Winter wurde es spannend, weil der Pfarrer den Schacht zu meiden hatte, wenn ihn die warme aufsteigende Luft nicht als Popanz im weiten, aufgeplusterten Talarsack zum Gespött der Gemeinde machen sollte. Im Sommer spielte der Teufel keine Streiche, und doch belebte er die Phantasie, in diesem schwarzen Loch mehr als die Heizungsanlage zu sehen. Ich hatte keine Angst vor der Hölle, ich war gut aufgehoben zwischen all den gläubigen oder gottespflichtigen Gesichtern, die nun erleichtert und dankbar das Ende der Predigt mit einem Gebet und einem neuen Lied feierten. Trotz aller Ungewißheiten und der Unfähigkeit zu glauben, trotz aller undeutlichen Sünden und Fehler konnte mir, da war ich sicher, als Sohn des Pfarrers und Enkel des Missionars nicht viel passieren, ich gehörte zu denen, die in den besseren Teil der Welt eingemeindet und für den Himmel bestimmt waren.

Die *liebe Gemeinde* verneigte sich wieder, wir beteten *gemeinsam das Vaterunser*, mein Vater und mein Großvater beteten am lautesten, beinah im Wettstreit, aber mein Vater hatte den Vorteil, vom Altar aus die bekannten Sätze mit seiner führenden Stimme vorzubeten. Ein brummender, klagender, trotziger, triumphierender Sprechchor aller Frauen und Männer im ganzen Kirchenraum, dazu wurde die kleine Glocke geläutet, und sehr klar hörte ich die Worte, die meine Mutter mit zärtlicher Inbrunst sprach. Ich fühlte mich in diesem Chor geborgen, hielt den Kopf gesenkt, war lieb oder wollte lieb sein, und als mir bei *die Kraft und die Herrlichkeit* Fritz Walter und die deutschen Fußballer einfielen, schickte ich eine schnelle Bitte um den Sieg zum Himmel, *Amen.*

Nachdem die Stimmen noch einmal gemeinsam im Gesang aufgestiegen waren in die höchsten Lagen, mit letzten Reserven vor dem nahen Ziel, mit Erleichterung ausgestoßen über das Ende der wunderlichsten und für manche Leute tröstlichsten Stunde der Woche, hob der Mann im Talar die Arme, die Hände rechts und links gleichzeitig in Gesichtshöhe, die offenen Handflächen der nun hellwachen Gemeinde entgegen. Alle konnten sehen, daß er keine Wundmale vorzuweisen hatte, kein Jesus, aber sein Stellvertreter, und vielleicht vermochten nur meine Augen in schattigen dunklen Stellen, an der Furche der Lebenslinie von fern etwas Vergleichbares vermuten. Je nachdem, wie er die Hände hielt oder wie der Schatten fiel, auszuschließen war der Gedanke nie, daß er, wieder unter dem Kreuz und vor dem Altar, etwas von dem Mann verkörperte, der auf dem Wasser laufen und Wasser in Wein verwandeln konnte, obwohl der Ehering golden aus der Hand glänzend etwas anderes verriet und obwohl viel Hoffmanns Stärke nötig war, um die Manschetten unter den Ärmeln des Talars weiß und starr leuchten zu lassen. Er hob seine großen, segnenden Wunderhände, setzte zu seiner letzten Beschwörung, zum Höhepunkt seiner Vorstellung an und sprach dazu: *Der Herr segne euren Ausgang und Eingang von nun an bis in Ewigkeit. Amen.* Dabei schnitt er mit der rechten Hand die Luft von oben einen knappen Meter nach unten und setzte eine kürzere Linie horizontal dagegen, daß wir an ein Kreuz denken sollten, das nun unsichtbar zwischen uns stand.

Es war nicht so sehr diese magische Geste, die ihm vorge-
schrieben war, sondern der Akt, den ich bewunderte: uns
mit dem Zeichen des Kreuzes, das auch gegen den Teufel als letztes Mittel helfen sollte, noch einmal in seinen
Bann zu ziehen und mit dem Segen zu entlassen. Das
Erstaunliche war, daß er diesen Segenswunsch bis in die
Ewigkeit verlängern konnte und mit dem Donnerwort,
das wir nur im Vaterunser auszusprechen wagten, schlie-
ßen durfte: *in Ewigkeit. Amen.*
Da stand ich mit meinen elfeinhalb Jahren, eingepackt in
die Zeitspanne zwischen diesem Sonntagmorgen und
der *Ewigkeit,* und es öffnete sich die unvorstellbare, künf-
tige, endlose Zeit, in der meine unvorstellbaren, künfti-
gen Möglichkeiten verborgen lagen. Der Bogen dieses
Wortes reichte weit über mein kleines Leben hinaus,
reichte über alle Leben, alle Welten und Sternwelten
hinweg und wurde nur, als sei das Nachsinnen über die
Ewigkeit unerwünscht, von dem Wort *Amen* gebremst.
Wir sangen aus voller Kehle *Amen Amen Amen*, ehe sich
alles lockerte, die Haltungen, die Gesichter, die Hände,
und alle sich beeilten, von munteren Orgelklängen ange-
trieben, das Schiff Kirche ohne auffälliges Drängeln, aber
so zügig wie möglich, unter dem höhnischen Beifall der
Münzen, die im Kollektenteller auf andere Münzen
klimperten, zu verlassen und draußen wieder festen Boden zu betreten.

Ich aber, wie oft schwankte und fiel ich, stürzte ab mit meiner Sprache, preßte die Stimmbänder zusammen, klammerte mich an die aufsteigenden Lautbrocken und fand keinen Halt und fiel: wenn eine Antwort erwartet wurde und eine Spur Angst im Spiel war, blieben die Konsonanten im Rachen stecken oder verknoteten sich zwischen Zunge, Zähnen und Gaumen und nahmen mir den Atem, die Silben stockten und sperrten sich, noch ehe sie gebildet waren, zu reibungslosen Wörtern zusammengesetzt zu werden, ich verzitterte, verzerrte den Mund, straffte Stimmbänder und Zunge und schaffte es trotzdem nicht, die Silben zum Klingen zu bringen.

Schon wenn ich Atem holte zum Sprechen, brannte es im Gaumen oder zwischen den Zähnen. Ich fürchtete alle Wörter, die mit Z oder mit T oder D, P oder B, K, G oder Q begannen, wollte nicht gleich vor diesen Klippen kapitulieren, versuchte es trotzdem und hing fest. Ich haßte Wörter wie Glocke, Glauben, Gnade, klein wegen der unüberwindlichen Doppelkonsonanten und versuchte, gefaßt zu sein auf die Abgründe vor den gefährlichen Mitlauten. Ich mußte all diesen Hindernissen am Anfang der Wörter ausweichen und konnte ihnen selten ausweichen, ich mußte die Wörter wägen, eh ich ihre Aussprache in Angriff nahm, und bis ich durch das Dickicht der Verschlußlaute, stimmhaft und stimmlos, Lippenlaute, Zahnlaute, Gaumenlaute, gefunden hatte, prüfend, schummelnd, schluckend, glättend, wuchs wieder die Scham über die Schande, vom eigenen Mundwerk blamiert zu werden, und ich stockte und gab auf.

Vor Frauen war es leichter, das Sprechen der Sprache zu

finden, vor Kindern noch etwas leichter, aber vor Männern, vor Lehrern und vaterähnlichen erwachsenen Gestalten gab es keine Ausnahme: ich versank zwischen deren Erwartung und meiner Unfähigkeit oder Unwilligkeit, der erwarteten Erwartung zu entsprechen. Bei jedem Stocken drohte die Ungeduld dessen, der mir gegenüberstand. Unter den fordernden, mißbilligenden oder von meinem Gestammel belästigten Augen fühlte ich mich im Unrecht, am falschen Platz, von der Hitze der Schamröte entstellt, überflüssig fühlte ich mich und schon verschlungen. Zu viele meiner verbotenen Gefühle drängten gleichzeitig nach oben, schoben die einfache Antwort, die mir schon auf der Zunge lag und erwartet wurde, beiseite und besetzten den engen Raum neben den Stimmbändern, legten die Stimmbänder lahm, blockierten das Mundwerk, und ich fühlte, wie man mir die Konsonanten, mit denen ich noch rang, am liebsten mit nackter Hand aus dem Gaumen gezerrt hätte, um mir zu beweisen, wie einfach die einfachste Sache der Welt ist: Sprechen.

Je mehr ich ins Schwitzen und Stocken geriet, desto mehr sah ich mich von außen: der Junge gerät ins Schwitzen und Stocken bei einfachen Wörtern. Ich sah die Beobachter mich beobachten, sah mich aus der Perspektive des Lehrers, des Vaters oder eines anderen Herausforderers, schlotternd, stotternd mit rotem Kopf, an der Sprache würgend, verfangen in Schuldgefühlen, und wußte gleichzeitig, daß dieser fremde Blick, in dem ich eine Anklage vermutete, richtig sah, denn ich fühlte mich ja selber schuldig, sah meine Fehler, mein Unwissen, meine Lügen und Ausflüchte längst durch die Augen des andern und bestätigte mit meiner ängstlichen Silbensuche, mit den wiederholten Anläufen, das Hindernis eines verhaßten Konsonanten zu nehmen, jeden bösen Verdacht.

Selbst wenn die Eltern mich beruhigten: *Sprich langsamer!* und ich langsamer zu sprechen versuchte, gelangen vielleicht ein paar Worte besser, aber dann hing ich wieder fest. Auch die Mutter fand keine begleitenden Sätze oder Gesten, die mich aus der Sprachhölle befreiten, die Flammen der widerspenstigen und scharfspitzen Konsonanten erfaßten mich trotzdem und brannten in mir, bis die Tränen fielen und ich weinend aufgab. Ich mußte mich damit abfinden: ich war unfähig, normal zu sprechen, es war meine Schuld, woher kam die Schuld?

Es gab das Bibelbeispiel vom Turmbau in Babel, da wollten sie *sich einen Namen machen,* da wollten sie *bis an den Himmel* bauen, wurden bestraft, verstanden die Sprache des andern nicht mehr, da mußten sie sich *zerstreuen,* da war ihnen die Sprache verwirrt, weil sie eine *Sünde* begangen hatten: welche *Sünde* hatte ich begangen, wofür wurde ich bestraft? Ich wußte es nicht, ich wußte nur, ich hatte keine Chance, auch ich hätte in den verbotenen Apfel gebissen, auch ich schlug mich mit meinem Bruder Abel, für mich wäre kein Platz auf Noahs Arche, ich wäre zum jämmerlichen Ersaufen verurteilt, wozu sollte ich noch das Schwimmen lernen, auch ich hätte mich in Sodom umgedreht und wäre zur Salzsäule erstarrt, auch ich hätte in Babel mitgebaut, so ein Turm war doch eine gute Idee und eine Leistung immerhin. Ich entkam den

Strafgerichten der Bibel nicht, ich sah die verstörten Gesichter der fliehenden, mordenden, weinenden, rasenden, betenden, halbnackten muskelstarken Figuren des Alten Testaments in der Bilderbibel auf den Holzschnitten von Schnorr von Carolsfeld. Ich hatte keine Chance vor diesem Gott, wenn schon die starken gottesfürchtigen Männer und Frauen die Prüfungen nicht bestanden, dann gab es kein Entkommen vor dem Foltergott, der es auf die ungehorsamen und bösen Menschen abgesehen hatte, die er gerade selbst erschaffen hatte.

Welche Rettung gibt es, wenn alles vorherbestimmt ist? Wenn der *liebe* Gott *heimsucht der Väter Missetat an den Kindern bis ins dritte und vierte Glied*? Warum muß ich in meiner elfjährigen Nichtswürdigkeit mich mit einem Gott herumschlagen, für den überall in der Welt, nicht nur in meinem kleinen Dorf, dicke Kirchenmauern und Türme errichtet, für den so viele Bücher geschrieben sind, vor dem alle Leute die Hände falten? Was trennt mich von dem Gottesgebäude, in dem Vater und Mutter und Onkel, Großvater und Großmutter und eine endlose Zahl von Vorfahren ihren Lebenssinn gefunden haben? Warum kann ich nicht pfeifen auf das alles?

Ich wußte nur: mir verschlug es die Sprache. Mein Stottern war der Beweis, daß ich in Babel dabei gewesen war zumindest in Gedanken. Wollte ich *bis an den Himmel reichen*, wollte ich mir *einen Namen machen*? War ich so vermessen und kindisch wie die Leute in Babel? Ich wußte es nicht, wurde nur täglich auf das Ergebnis gestoßen: meine Sprache war verwirrt und zerstreut, ich trug die Babelgeschichte mit mir herum, trug sie in mir aus, ich spürte den Turm in meinem Körper wachsen und wie er von der Lunge her gegen die Kehle stieß, mich am Atmen hinderte und die Luft abschnitt: ich wurde zerstreut, zerstreut in alle Welt, weil meine Wörter, Silben, Konsonanten und Gedanken nicht zusammenpaßten.

Bald glaubte ich nicht mehr daran, daß jemand von mir noch etwas Gutes und Gelungenes erwartete. Ich richtete mich in meiner Sprachhölle ein und entdeckte, welche Macht ich über die Zeugen meines sprachlichen Unglücks gewann, wenn ich die erstarrte Situation weiter erstarren und den Abgrund zwischen den Gedanken und Wörtern, die Spanne der unanständigen Pausen zwischen den Lauten noch weiter auseinanderklaffen ließ und damit das, was mir peinlich war, auch zu einer Peinlichkeit für den Fragenden und andere Zuhörer werden ließ. Damit erreichte ich, daß man immer seltener das Risiko neuer Peinlichkeiten einging, mich öfter in Ruhe ließ – und so konnte ich an meinem Fehler Gefallen finden und das drückende Schamgefühl über das Stottern mit einer heimlichen Lust am Stottern mildern.

Ich entdeckte, welche Aufmerksamkeit dem sprachkranken Kind zuwuchs, aber ich lag ja nicht krank, umsorgt und verwöhnt. Ich hatte Schwerarbeit zu leisten, mit dem Stottern zu betteln, verstanden zu werden: Schaut mich freundlicher an, traut mir was zu! Befreit mich aus dem Zustand, in dem ich Verdächtiger, Schuldiger, Ankläger in einem bin! Laßt mich meinen eigenen Text sprechen! So sagte ich auf meine Weise: Nein! oder: Helft mir! oder: Was sind die Wörter gegen das, was ist! Vielleicht sprach ich in der Zerrissenheit auf verkehrte Weise eindeutig von mir, vielleicht war ich mir selbst nie so nah wie in der Hitze der Peinlichkeit, vielleicht ließ ich deshalb die Hoffnung nicht los, mit meinen Worten und Gedanken reibungsloser eins zu werden in einem späteren Leben, weit weg von allen Verdammungen und Niederlagen, also bei den Siegern. Von anderen, leichteren, helleren Sprachen träumte ich, einer Sprache, die nur aus Vokalen bestand, zur Not angereichert mit wenigen hindernisarmen Konsonanten wie F, H, L, M, N, S, R, W.

Ich stand auf dem Hof, stumm, hörte die lauten Schwalben in ihren Nestern am Scheunendach und die Spatzen unter der Linde. So fliegen und schwatzen können wie die Schwalben in ihrer Sprache aus lauter Vokalen, auch das eine Möglichkeit. Die Mutter war in die Küche gegangen, der Vater in seinem schwarzen Gewand sprach mit einigen Kirchgängern. Ich drehte ihm den Rücken zu, schlich zu meinem Fahrrad in die Scheune, auf dem Rad konnte ich das Stottern vergessen, aber so kurz nach dem Gottesdienst war Radfahren nicht erlaubt. Mein schwarzlackiertes Gebrauchtrad war vor die andern gelehnt, weil niemand so viel Rad fuhr wie ich, ich sparte auf ein neues, träumte von einer Gangschaltung, sie war nicht bezahlbar, ich wünschte einen Fahrradständer, er war bezahlbar, wenn ich lange genug sparte, aber der Vater hatte verfügt: *Ein Fahrradständer ist Unsinn, ich weiß es, ich habe selbst mal einen gehabt, der ging sofort kaputt.* Ich träumte von einem eigenen Fußball, einem Lederball, ich spielte nur mit Gummibällen, ich träumte vom Geruch frischen Leders, von der Hand auf der zarten, festen Lederhaut, ein Ball, den man treten mußte und liebhaben

und mit Schuhcreme pflegen, besser als die Sonntags-
schule, wer einen Ball hatte, war beliebt und durfte ent-
scheiden, wer mitspielte und wer nicht, wer einen Ball
besaß, hatte schon fast gewonnen, der Ball war teuer und
so unerreichbar wie der Fahrradständer. Ich wollte hinaus, auf die Felder und Fußballfelder oder sofort die
Übertragung im Radio hören. Wenige Stunden noch, die
Spannung auf das Endspiel wuchs, ich kämpfte sie nieder,
gefangen zwischen Gottesdienst und Mittagessen, allein
mit meiner einzigen Stärke, meiner einzigen Waffe, der
gestörten Sprache.

Ich nutzte es aus, daß man mich immer weniger anzusprechen wagte, ich hatte es leichter mit den Lügen, ich
lernte die Schande des Stotterns zu akzeptieren. Vielleicht wollte ich etwas stören und nicht reibungslos
funktionieren, wie ein Pfarrerssohn vorbildlich gut zu
funktionieren hatte. Vielleicht wollte ich meinem Vater
einen Kloß in den Hals legen, seine ferngesteuerte
Zunge lähmen, seine magischen Fähigkeiten begrenzen
und mitteilen: es geschieht dir recht, wenn ich stottere!
Vielleicht wollte ich die Fremdsprache der Eltern verler-
nen und wurde trotzdem wieder dahin geworfen, von
der Brandung der Gebete und Lieder immer wieder an
die Klippen geschmissen, aufgerieben zwischen der
Spracharmut der Mutter und der Sprachmacht des Vaters, bis ich den Atem verlor, bis meine Stimme auch bei
den Wörtern mit leichter zu sprechenden Konsonanten
versagte und ich entschiedenere Ablenkungen suchen
mußte, um im verdrückten Schmerz nicht zu versinken,
im Sprachgewürge nicht zu ersticken.

Ich ging langsam ins Haus zurück, zu stumm, um nach Hilfe zu schreien, und die Hilfe ablehnend, die der Spruch in alter Schrift auf dem ersten Deckenbalken im Flur empfahl: *Jesu iuva iugiter. Jesus, hilf beständig!* hatte ich gelernt zu übersetzen, trotzdem vergaß ich die genaue Übersetzung immer wieder, weil auch Jesus nicht half, die Barrieren der kranken Sprache und der kranken Haut zu überspringen, die mich von meinen *Nächsten* trennten. Ich ahnte nur, daß es besser half, wenn ich mich aus seinem Dunstkreis entfernte, möglichst weit weg: dahin, wo ich nicht stottern mußte, wo kein Gesetzestafel-Gott wohnte, wo die Äpfel nicht von Verboten und Schlangen vergiftet waren, wo ich nicht als Sünder ersaufen und nicht den Bruder schlagen mußte und wo kein neues Babel drohte.

Zwölfmal rief der Kuckuck aus dem Flur, eine halbe Stunde noch bis zum Mittagessen. Der Kuckuck steigerte meine Spannung, dreißig Minuten versteckt in seinem hölzernen Zeitnest, stieß er, wenn der große Zeiger die VI oder XII erreicht hatte, sein Türchen auf, rief hastig die Stunden oder halben Stunden aus, er brachte den Anpfiff in Bern wieder dreißig Minuten näher, schnitt mit seinen Rufen ein Stück Wartezeit ab, bei jedem Auftritt schien er zum Flug zu starten, federte aber nach seinem schnellen Doppelton sofort wieder zurück und zog die Klappe zu, ein eiliger, aggressiver Schiedsrichter der Minuten, unerreichbar hoch an der Wand.

Der Bratenduft hatte den Flur erreicht, mein Hunger wuchs mit der Spannung auf das Spiel. Ich konnte mit niemandem über meine Erwartungen an das große Ereignis reden, die Geschwister waren zu klein für die Fußballwelt, die Eltern wollten davon nichts wissen, und die Freunde saßen jetzt in ihren Häusern beim Essen. Ich holte mir die Zeitung aus dem Amtszimmer, wo mein Vater und der Kirchenvorsteher die Kollekte zählten und die vielen Groschen und wenigen Markstücke zu kleinen Säulen stapelten.

Ich nahm die Zeitung, die *Hersfelder Zeitung* von Sonnabend, dem 3. Juli, ging hinauf in unser Zimmer, wo mein Bruder das neue Heft des Kindergottesdienstblättchens *Für Euch!* las und die Rätselseite durchging, *Onkel Pfiffig gibt Nüsse zu knacken.* Ich beteiligte mich heute nicht an Silbenrätseln, Bilderrätseln und Scherzfragen, mit denen das Evangelium für Kinder abgerundet wurde, ich setzte mich wie ein Erwachsener an meinen Tisch und schlug die Zeitung auf. Die erste Seite mit großen Fotos der Stiftsruine und des Bundespräsidenten, Theodor Heuß war nach Bad Hersfeld gekommen zur Eröffnung der Festspiele, die Festspiele als einzige Nachricht auf Seite 1 interessierten mich nicht, ich suchte die Sportseite und las noch einmal, was ich am Sonnabend nachmittag schon gelesen hatte.

«Auf welche Frage kann man nie mit Ja antworten?» fragte mein Bruder. Ich wußte es nicht, ich sagte: «Laß mich Zeitung lesen!» – «Willst dus wissen?» – «Nein.» – «Schläfst du?» – «Ach so.»

Sind die Ungarn zu stoppen? Das war meine Frage. *Deutsche*

Nationalelf will den Himmel stürmen. Der Satz irritierte mich auch bei der zweiten Lektüre, der Himmel war für die Frommen, die Engel und Gott, ich las den Artikel über das Spiel nun sehr langsam, die Aussichten, die Hoffnungen. *Ein Fußball-Traum ist Wirklichkeit geworden,* ich verfolgte mit dem Zeitungsreporter noch einmal die Wege ins Endspiel, belebte die Freude über vergangene Siege gegen die Türken, die Jugoslawen, die Österreicher. Ich las und war mit dem Verfasser der Meinung, daß es keine Chance gab, Weltmeister zu werden, *die deutsche Chance ist klein, hauchdünn, dennoch,* ein Spiel sei erst nach neunzig Minuten gelaufen, las ich und versuchte mir Wörter wie *körperlicher Zustand, konsequenteste Abwehrarbeit, steiles Angriffsspiel* einzuprägen. Wie der Reporter war ich stolz darauf, daß das Endspiel erreicht war, *die Sensation,* und zufrieden, daß Herberger die gleiche Besetzung aufbot, *die Österreich schlug,* hoffte, daß die Spieler *den ungarischen Ballzauberern eine große Leistung abfordern,* und hoffte weiter, *zweifellos kann man in diese Mannschaft einiges Vertrauen setzen.*

Aber es kam schon nicht mehr darauf an, was ich las und welche Meinung ich hatte, viel wichtiger war, daß ich nicht allein war, wenn ich las, daß andere ebenso dachten und hofften wie ich und vor mir das formuliert hatten, was ich nicht formulieren konnte, und daß ich in diesen Sätzen meine Gedanken erkannte, ohne mich bei dieser Art Aneignung anstrengen zu müssen, vielmehr das bebende Glück des Lesenden fühlte: im Text eines anderen so viel Eigenes zu finden, sogar auf der Sportseite.

In einem Buch einen Jungen oder jungen Mann zu treffen, der mit meinen Wünschen dahergeritten kam und von Seite zu Seite mit stärkerem Willen, größerer Kraft und situationstüchtiger Schlauheit die Abenteuer bestand und als Gewinner aufstieg, war vielleicht packender, aber die Zeitung lieferte nebenher genügend Geschichten, in denen ich eine kleine Rolle mitspielen konnte. Nicht alle Tage waren sie so dramatisch wie ein Jahr zuvor, als ich, mit Masern im Bett liegend, entdeckte, was ein Panzer war, ein stählernes riesiges Ungeheuer mit Kanone und erbarmungslosen Ketten, das auf mich losfuhr und mich, der nicht einmal einen Stein in der Hand hielt, beinah zermalmte. So lebendig und laut waren die Bilder aus der Zeitung geworden, daß mir, obwohl ich noch keine Schüsse gehört hatte, die Schüsse von Berlin in den Ohren lagen im verschwitzten Krankenbett in Wehrda, und ich war geflohen, wie die andern auf den Fotos geflohen waren Unter den Linden, ich war kein Held gewesen, aber dabeigewesen und hatte überlebt, ich spürte meine Wut auf Ulbricht und die Russen und die Panzer und liebte die Zeitung, die mir solche Abenteuer, solche Gefühle verschaffte.

Ich blätterte weiter bis zur *Seite für die Jugend,* da stand etwas von den *Acht goldenen Baderegeln,* von *Jules Vernes Reise zum Mond,* vom *Fliegenden Holländer,* eine Bildgeschichte *Ein Mann erobert ein Weltreich,* Cortez in Mexiko, ich las achtlos darüber hin, die Spannung auf das Spiel, von der Zeitung gesteigert, war schon so stark, daß ich mich auf nichts anderes konzentrieren mochte. Die Spannung auf etwas, was noch nicht geschehen war, was in knapp drei Stunden beginnen und in fünf Stunden schon wieder vorbei sein sollte, war das Spannendste überhaupt, *Es scheint alles noch ein wenig unwirklich, aber es ist so: die deutsche Nationalelf steht...* ein Ereignis im Spielplan mit Tag und Uhrzeit und doch nichts als eine Phantasie: ein Spiel, das völlig ohne mein Zutun weit weg in der Schweiz ablaufen sollte und doch ohne meine Beteiligung nicht möglich war.

Der Tisch ist gedecket und *alles bereit* sang ich, die rechte Hand in der Vaterhand, die linke an der Bruderhand, *oh seht, was die Liebe des Vaters uns beut,* singend hörte ich unsern Gesang, *oh schmecket und sehet, wie freundlich er ist.* Wir standen hinter den Stühlen um den Tisch herum, schauten uns aufmunternd an, faßten einander locker die Hände und schweißten uns zum Chor zusammen, um das Tischgebet am Sonntag zur Feier des Bratens und des Gottes zu singen, *der niemals und nirgends die Seinen vergißt.*

Der Tisch ist gedecket, das konnte ich sehen, ein frisches weißes gestärktes Tuch, Bügelfalten markierten die Mitte und rechten Winkel, Teller glänzten weiß, Messer lagen auf Messerbänkchen, Servietten in silbernen Serviettenringen, in der Mitte die Suppenschüssel, *und alles bereit.* Das war eindeutig, aber in den anderen Wörtern störte mich etwas, die Wörter steckten voller kleiner Widerhaken, und ich sang kräftig dagegen an, *oh seht, was die Liebe des Vaters.* Ich sah auf den Tisch und wußte, damit war der Vater im Himmel gemeint und nicht der Vater neben mir, aber doch wieder der Vater neben mir, der mit seiner Arbeit die Liebe des Vaters im Himmel verkündete, ihn vertrat und damit das Geld verdiente, mit dem die Speisen im Edeka-Laden gekauft wurden.

Ich schielte nach oben zum Vater neben mir, der wie ich, wie alle von der *Liebe des Vaters* sang, suchte in seinem Gesicht auf der Scheitelseite eine Regung und versuchte herauszufinden, wie er die drei Worte singend hinter sich brachte. Unerschrocken sang er drauflos, sein achtes oder zehntes Lied an diesem Vormittag, und schien die Peinlichkeit nicht zu bemerken, die in der zweideutigen Anrede Vater lag, in der Einladung zur Verwechslung, in der Beschämung durch den Vater da oben. Er sang mit weit geöffnetem Mund, der Adamsapfel tanzte im Halsgehäuse, und die Gerade des Brillenbügels vom Ohr zur Wimper zeigte, daß alles im Lot, alles geordnet war. Die Hand, die meine hielt, zuckte nicht, wenn von der *Liebe des Vaters* gesungen wurde, und gab kein Zeichen, das ich wie ein Augenzwinkern hätte deuten können. Auch ich zuckte nicht, drückte nicht die Hand, die erst eine Stunde vorher aus dem Talarärmel heraus auf Gott gewiesen und als Zauberhand das Kreuz in die Luft gemalt, die Brücke bis zur *Ewigkeit* geschlagen hatte, ich wagte nicht, diese Hand, das Gotteswerkzeug, heftiger zu berühren als mir zukam, ließ von der größeren meine Hand halten, widerwillig gewärmt. Bei festerem Druck hätte ich den Siegelring fühlen können mit dem Wappen der Familie, der verzierten Rose, die für den

Namen stehen sollte, den ich, den wir alle vom Vater geerbt hatten, aber ich scheute auch die Berührung mit der dunklen Vorvergangenheit der Vorväter und ihrer undeutlichen *Liebe*, deren Produkt ich war, befangen in allem, stolpernd über die Wörter und über die Silbe *beut*.

Obwohl mir erklärt war, daß dies ein altes Wort für *bietet* sein sollte, dachte ich immer nur an Beute und zugleich an die Albernheit dieses Gedankens angesichts der weißen leeren Teller, der Sonntagssuppe und der zu erwartenden zwei dünnen Bratenscheiben. Gleichzeitig störte etwas Lächerliches, Abgelegtes, Großväterliches in dem Wort, das im Leben und in den Büchern nicht vorkam, nur einmal in der Woche als schlechter Reim gebraucht wurde. Das Wörtchen wirkte so ungewöhnlich albern, daß es mitten im Singen mich oder meinen Bruder zum Grinsen bringen und das Chorsingen in ein Kampfspiel verwandeln konnte. Es war nicht einfach, das lange, gesungene Sonntagsgebet ohne unkontrollierte Regung durchzuhalten, eine ganz andere sportliche Herausforderung als die kurzen Spruchgebete an Werktagen: *Komm, Herr Jesus, sei unser Gast und segne, was du uns bescheret hast*, bei denen wir die Hände falteten und die Augen schlossen. Mitten im Sonntagsritual aber, singend mit beweglichen Händen und Augen, wurde die Silbe *beut* die entscheidende Klippe oder der Vorwand, wenn mein Bruder oder ich darauf aus waren, mit Schielen oder Grimassen uns oder die Schwestern zum Kichern anzustiften, zum verbotenen Kichern beim Beten, erleichtert durch die gekünstelte Haltung und die verordnete Fröhlichkeit. Blicke wurden ausgeteilt und waren auszuhalten, ein Spiel, andere zum Kichern zu bringen ohne selbst zu kichern, nach außen gefaßt zu bleiben und Ansätze des Grinsens im Singen, im geöffneten Mund und hinter den zugelassenen Blickwinkeln zu verbergen, aber ich wahrte die Fassung.

Nach dem Chorgesang wechselten wir zum Sprechchor und stießen die Silben *Ge-seg-ne-te Mahl-zeit!* wie einen Schlachtruf aus, lauter als in diesem Haus üblich, und endlich konnten wir uns setzen und mit der Blumenkohlsuppe beginnen. *Oh schmecket und sehet,* ich schmeckte mehr als die Suppe die tückischen Zeilen des Liedes auf der Zunge und mußte noch warten, um zu sehen, *wie freundlich er ist,* der Braten.

Mein Bruder und ich trugen, weil das Hausmädchen frei hatte, die Schüsseln mit Kartoffeln, Bohnen, Soße aus der Küche heran, und als die Mutter das Bratenstück vor dem Vater abgesetzt hatte, hielt er zwei oder drei Sekunden inne wie zu einer kurzen Andacht vor dem erlegten Stück Tier, ehe er das Messer wetzte und den Braten schnitt. Mit dicklichen Fingern führte er das Messer und teilte das Fleisch, so wie er die passenden Worte für den Sonntag austeilte, ich sah, wie er die Stücke auf den Vorlageteller legte, *wie freundlich* er war, während ich mir Kartoffeln und Bohnen nahm. Ich sah das Fleisch und hörte in meinem Kopf den Satz *das Wort ward Fleisch und wohnte unter uns,* ich wurde diesen schweinischen Bibelsatz nicht los, sah das Fleisch gewordene Wort im Braten und ekelte mich trotzdem nicht. Ich war gierig auf das Fleisch, nicht auf die Worte, allein mit Worten hatte mein Vater dies

Stück Fleisch erarbeitet, ich sah zu, wie er, erleichtert wie nach einer gewonnenen Schlacht, das Messer führte und *was die Liebe des Vaters uns beut* verteilte. Er trug das gleiche Hemd wie vorher in der Kirche, jetzt war die silbergraue Krawatte zu sehen, unter dem Hals die Serviette statt des weißen Beffchens, aus der Schneidehand leuchtete das Gold des Eherings wie vorher aus der Segenshand, und seine Bewegungen, mit denen sich der Herr über die Worte zum Herrn über das Fleisch machte, waren auch ohne Talar und Gottesbeschwörungen immer noch die eines Mannes, der eine Rolle hatte und souverän aus-füllte.

Er selbst erhielt am meisten von der Fleischbeute, weil es sein schwerster Arbeitstag war, zwei Gottesdienste, eine Taufe, einige Gespräche, er hatte viele Hände geschüt-telt, vielleicht dreißig Leuten in Rhina, siebzig in Wehrda den Unterschied zwischen Gut und Böse verdeutlicht, den Weg ins Himmelreich geebnet und um gutes Wetter für die Ernte gebetet, und allen, die zu ihm kamen, An-schwung für die neue Woche zu geben versucht. Da ich meinen Neid auf die Bevorzugung des Vaters nicht auf-kommen ließ, wachte ich umso mehr über den Teller des Bruders, maß eifersüchtig seine Bratenscheibe, immer fürchtend, daß ihm, dem Kleineren, Schwächeren, Emp-findlicheren vielleicht mehr *Liebe des Vaters* zugeteilt wer-den könnte.

Als alle Teller endlich beladen waren, als Gabel und Mes-ser stichbereit in den Händen lagen, trumpfte die Mutter auf mit dem Satz *Laßt es euch schmecken!* Damit wollte sie nicht das Lob auf ihre Küche vorwegnehmen oder anregen, sondern nur noch einmal den Auftrag *schmecket und sehet* unterstreichen, den wir uns singend gegeben und im appetitanregenden Bratengeruch schon halb vergessen hatten. Ich war gehorsam, ich ließ es mir schmecken. Noch ehe die erste, mit einem Stück Salzkartoffel und Soße beladene Gabel den Mund erreichte, schmeckte ich bereits, was ich schmecken sollte, und ließ es mir schmek-ken. Die letzten ausgekeimten Kartoffeln des letzten Herbstes schmeckten jetzt, im frühen Sommer, wie sie aussahen, lasch und faltig, aber sie mußten weggegessen werden, ich suchte den guten Geschmack, ich ließ mir die alten Kartoffeln schmecken, ohne meinen Ge-schmackssinn zu beanspruchen und ohne Konflikte auf-kommen zu lassen zwischen dem, was ich schmeckte, und dem, was ich schmecken sollte.

Oh schmecket und sehet, schmecken und sehen sollte ich weder die Kartoffeln noch die grünen Bohnen oder den Braten, sondern schmecken sollte ich an den Bohnen, *wie freundlich* der Herr im Himmel war, sollte der Salzkartof-fel die *Liebe des Vaters* abschmecken, das gebratene Stück Rind auf dem Tisch, auf den Tellern unter der Soße, auf den Gabeln, wie immer es gewürzt war und wie wenig ich bekam, sollte ich würdigen als sichtbaren Beweis für die Güte Gottes, der *die Seinen,* also mich und die andern am Tisch, *niemals und nirgends vergißt.* Das sollte ich schmek-ken, und ich schmeckte es, bis ich vor lauter Gottes-fleisch und Gottessoße und Gotteskartoffeln nichts mehr schmeckte, sondern nur noch aß und aß, so viel ich nur konnte und dabei das Schmecken vergaß und ver-lernte. Sollte gleichzeitig *sehen,* was ich schmeckte, und ich sah, was ich aß und wegaß, sah das Essen auf dem Teller und sah es nicht, weil alles, selbst Soße, Salz und Kartoffeln in einen höheren Zusammenhang, in christliche Gewißheiten eingespannt waren. Das Sehen galt nichts, *selig sind, die nicht sehen und doch glauben*, auf das Sehen kam es nicht an. Auf allem, was zu sehen war, lag der Nebel des Glaubens, ich sah nicht, was war, sondern sah, was sein sollte, mein Blick war durch den Gottesblick verzerrt oder getrübt, Wahrnehmungen im voraus verfälscht von dem, was ich wahrzunehmen hatte, meine Augen waren nicht meine Augen, sondern manipulierte Organe, in die zu viel von der Sichtweise der Eltern einoperiert war. Ich sah nicht, ich glaubte nicht, ich träumte dahin.

Warum die Erwachsenen sich immer wieder daran trösteten, daß es diesen Allmächtigen gab, *der niemals und nirgends die Seinen vergißt*, konnte ich allmählich verstehen, da sie den Krieg mit Hunger, Flucht, Gefangenschaft erst vor wenigen Jahren überstanden hatten und oft von der vergangenen Not sprachen. Aber sie waren ja nicht die einzigen, die überlebt hatten, und betrachteten sich trotzdem ohne rot zu werden als *die Seinen*. Mir war das peinlich, wenn ich einen flüchtigen Gedanken dieser Art zuließ, denn woher konnten sie wissen, daß sie zu den Auserwählten, den *Seinen* gehörten, warum konnten sie die Gewißheit, *niemals und nirgends* vergessen zu werden, so laut und schamlos aussprechen?

Ich fragte nicht, hielt mich fest an den Griffen von Gabel und Messer, schnitt, stach, lud, hob, biß, kaute Kartoffeln, Bohnen, Fleisch, sah die anderen ebenso beschäftigt, zurückgesunken in die Sonntagsgesichter über Sonntagshemden und Sonntagsblusen, gefangen in einer halblauten Sonntagsvorsicht. Ich saß gerade oder achtete darauf, gerade zu sitzen, um die Ermahnung zu vermeiden, die bei krummer Rückenhaltung folgte. Ich hörte im Konzert der Stille das Kratzen und Klingen des Bestecks auf Porzellan, und obwohl am Eßtisch längere Reden und Lachen erlaubt und erwünscht waren, wenn sie nicht auf Kosten anderer gingen, kam kein lebhaftes Gespräch auf, weil nicht sprechen sollte, wer kaute, weil nicht sprechen sollte, wer einen andern sprechen hörte, und weil die Ereignisse des Vormittags nicht viel hergaben. Die Konfirmanden hatten eine Liednummer falsch angezeigt, keine Beschwerden über den Mann hinter der Orgel am Blasebalg, über das Läuten, über das Motorrad, nichts Neues aus der Schule, kein Streit, kein Zorn, keine aufregenden Nachrichten aus dem Dorf. Der Bruder wiederholte die Scherzfrage aus dem *Für Euch!*-Heft, «Auf welche Frage kann man nicht mit Ja antworten?», wir beide freuten uns, daß niemand die Antwort wußte. Es blieb die Frage nach dem Programm für den Nachmittag, es sah nach Regen aus, seit Tagen der Regen nach der Hitzewelle im Juni. Die Eltern waren zur Tauffeier nach Rhina geladen, es wurde besprochen, daß nur der Vater fuhr, mich interessierten alle Pläne nicht, ich hatte die Erlaubnis, im Amtszimmer Radio zu hören, das war versprochen und stand fest, mehr wollte ich nicht als mein Endspiel.

Nach der süßen Belohnung, dem Nachtisch, prachtrote Johannisbeeren gezuckert in der Schüssel, mußte der

Mund, kaum den Zucker von den Lippen geleckt, wieder geöffnet werden zum Singen. Sonntags reichte das kurze Dankgebet nicht, *Dem Herrn sei Dank für Speis und Trank. Amen.* Also faßten wir uns wieder, diesmal im Sitzen, an den Händen, als sei das Schweißband der Familie noch nicht fest genug, und sangen *Danket, danket dem Herrn, denn er ist sehr freundlich, und seine Güt und Wahrheit währet ewiglich.* Der einfache Gesang genügte nicht, wir teilten uns in zwei Gruppen und schickten den Dank im Kanon zweistimmig aus dem Eß- und Wohnzimmer hinaus durch das Haus, bis hinauf ins Zimmer der Großeltern, als müßten sie beruhigt werden, daß diese sonntäglichen Eßgesänge, die sie ihren Kindern eingefleischt hatten, auch in der Familie des Schwiegersohns fortgesetzt wurden, daß Generationen und Traditionen harmonisch zusammenpaßten und die Güte des Herrn ewiglich währte, während wir, als wir den Kanon drei Runden durchgehalten hatten, nun in der vierten aus Ton und Takt fielen und im letzten Moment, kurz vor dem Kichern, alle Stimmen zu einem lang anhaltenden, lauten und erleichterten *Amen* vereinigten.

Ich war Isaak, der Sohn, der Vater griff seinen Sohn *und faßte das Messer,* weil sein Gott ihm befohlen hatte, *daß er seinen Sohn schlachtete,* ich sah Isaak mit erschrocken ergebenen Augen auf dem Holzschnitt der Bilderbibel von Schnorr von Carolsfeld, ich war Isaak, gefesselt

ängstlich gebeugt gedrückt an den Vater Abraham, vom
Vater mit der linken Hand festgehalten, während die
rechte mit dem am Schaft sehr breiten, dann spitz zulau-
fenden Messer schon ausholte, Isaak konnte es nicht fassen: der Vater ersticht ihn, ich konnte es nicht fassen:
was für ein Gott, der so etwas befiehlt, was für ein Vater,
der ohne Widerworte einem solchen Befehl gehorcht, ich
zitterte, ich blutete, sah mich brennen auf dem Altar, auf
dem Scheiterhaufen, ich wußte nicht, wie mir geschah,
und auch wenn mein Vater keine Ähnlichkeit hatte mit
Abraham, keinen Bart, kein langes Haar, keine kompli-
ziert gewickelten Tücher als Gewand, und auch wenn
Brandopfer nicht mehr der Brauch waren, er war der Vater, ich der Sohn, über uns beiden Gott, und ich wußte so
wenig wie Isaak, welche Gebetsgespräche der Vater mit
seinem Herrgott führte, wie eng seine Beziehung zu diesem Wesen war, das alles wußte, alles konnte, alles vor-
hersah, ich wußte nicht, ob mein Vater direkte Anweisungen und Befehle vom Herrn im Himmel erhielt wie
die großen Gestalten des Alten Testaments, ich fürchtete nicht, von meinem Vater wirklich erstochen zu werden, aber es genügte die Vorstellung, das Hören auf die
Bibelgeschichte, der Blick auf den Holzschnitt: da ist ein
Gott, ein lieber Gott, der einen seiner frömmsten und
dienstbarsten Anbeter zwingt, seinen eigenen Sohn zu
schlachten, seinen einzigen Sohn, da ist ein Vater, der
diesen Befehl ohne Murren und ohne Fragen ausführt
oder ausführen will, der den Sohn noch das Brandholz
schleppen läßt, den Sohn belügt, als der nach dem
Opfertier fragt, den Sohn fesselt und auf den Altar

zwingt, der Altar ist Schlachtplatz und Feuerplatz in einem, *und reckte seine Hand aus und faßte das Messer, daß er seinen Sohn schlachtete*, wenn nicht im letzten Augenblick der Engel aufgetaucht wäre und den Sohn gerettet hätte vor dem Vater, der auch noch ausführlich gelobt wird, *denn nun weiß ich, daß du Gott fürchtest und hast deines einzigen Sohnes nicht verschont um meinetwillen*, da ist das glückliche Ende, ein Widder wird geschlachtet und verbrannt, aber wo ist der Sohn, was denkt der schreckstarre Isaak, was dachte ich, wie konnte ich mich sicher und angenommen und aufgehoben fühlen von der *frohen Botschaft* eines Herrn, der meinem frommen Vater ähnliche Prüfungen abverlangte, wie weit würde mein Vater gehen in einer vergleichbaren Situation, wäre ihm Gott lieber als seine Kinder, als ich, gab es nicht irgendwo in der Bibel den Satz: *wer Sohn oder Tochter mehr liebt denn mich, der ist mein nicht wert*, und warum wurde jeder am Geburtstag früh morgens von der übrigen Familie, die in Schlafanzügen, Bademänteln oder in Tageskleidern antrat, mit dem Choral *Lobet den Herren* geweckt, der mit der Zeile *Abrahams Namen* oder *Abrahams Samen* an das Messer zwischen Vater und Sohn erinnerte, mein Vater hatte die Choräle und die Gewalt auf seiner Seite, das Messer sonntags am Braten, manchmal hatte er mich geschlagen, mit der Hand auf den Hintern, mit dem Teppichklopfer auf den Hosenboden, bis ich schrie und schrie und er die Lüge oder den kleinen Diebstahl genug bestraft fand, oder er stimmte mit der Mutter ab, ob ich fünf oder zehn oder zwanzig Schläge bekommen sollte und führte den Beschluß aus gegen mein Wimmern und Schreien, wie weit ließ sich die Gewalt steigern, *daß er seinen Sohn schlachtete,* wir lebten in anderen Zeiten, geschlachtet wurden die Schweine auf dem Bauernhof, an den Ohren gezogen und mit Mistgabeln aus dem Stall getrieben, der Hausschlachter betäubte das Schwein mit einem Bolzenschuß, spaltete den Schweinskörper und kreuzigte ihn mit dem Kopf nach unten, wir zahlten Herrn Mücke, Flüchtling aus Schlesien, ein paar Groschen, damit er uns Hühner und Kaninchen schlachtete, trotzdem sah ich das Messer in Vaters Hand und konnte mir doch kein Schlachtemesser in seiner Hand vorstellen, was für ein Gott war das, der die Kinder der Frommen foltert mit der Idee, jederzeit geschlachtet werden zu können, nur weil der Herr des Himmels und der Erde Probleme mit der Treue seiner Gefolgschaft hat, was für ein Gott, der sonst jede Lüge verbat und hier den Vater zum Lügen zwang, was für ein Gott, der auch die Väter foltert und ihnen das Schlachten der eigenen Kinder befiehlt, als ob es keine anderen Beweise für die *Gottesfurcht* gäbe, welche Freude empfindet der große grausame Unsichtbare daran, das Töten als Liebesbeweis zu verlangen, der Engel kam zu spät, das spitze Messer verschwand nicht aus der Vaterhand, Isaak wehrte sich nicht, er suchte noch in dem Moment, da er die Situation begriff oder doch nicht begriff, Schutz an der mächtigen Vatergestalt, der Engel kam zu spät, der Schmerz war nicht mehr zu stillen, ich sah das Messer in Isaaks Herz, sah ihn bluten, sah ihn tot, und der Engel, der, vor der Bergkulisse schwebend, mit einer Hand den Widder an den Hörnern packte, den Ersatz für den Sohn, legte die andere Hand schützend über

Isaaks Kopf und bremste den Schwung, mit dem der Vater gerade zustechen wollte, der Engel kam zu spät, das Ungeheuerliche war bereits geschehen, obwohl der Mord gerade noch abgewendet war, das Ungeheuerliche war das Spiel mit der Grausamkeit, das Spiel mit dem Leben des Kindes, die Quällust eines Allmächtigen und der traurige Gehorsam seines Dieners, das Ungeheuerliche war, daß der Schrecken des Kindes keine Rolle spielte in der Geschichte und ich mit dem Schrecken allein blieb.

Sind die Ungarn zu stoppen? Was konnte ich tun, die Ungarn zu stoppen? Ich stellte mich auf den Kampf gegen die Ungarn ein, alles eine Frage der richtigen Verteidigung, ich spielte am liebsten Verteidiger, weil ich nicht schnell war als Stürmer, mich nicht als Torwart blamieren und nicht feige sein wollte. Meine Phantasie flog voraus zu dem fernen Spiel, ich sah die stürmenden Ungarn auf mich zukommen, fünf Stürmer gegen einen Verteidiger, ich sah mich auf dem Spielfeld, es war nicht mein Spiel, aber ich spielte mit der Spannung zwischen der zerrenden Erwartung auf den Anpfiff und der zaghaften Abwehr gegen den unverschämtesten Wunsch, den Sieg.

Ich mußte die Spannung irgendwohin tragen, ich lief hinaus, an der Kirche vorbei um die Ecke Richtung Kaufmann Wenzel, der Erdal-Frosch über der Ladentür mit

dem Edeka-Schild zwinkerte mir zu, ich lief an fünf Häusern und vier Misthaufen vorbei die Straße nach Langenschwarz und Schletzenrod, dann den Feldweg an der
Raiffeisenkasse entlang, zwischen Kornfeldern hinauf
Richtung Wald. Ich wollte nicht weit, ich hatte keine
Uhr, wollte nicht weiter als dahin, wo man auf das Dorf
hinunterblicken konnte wie von einem Hochsitz.

Noch knapp zwei Stunden bis zur Radioübertragung, ich
mußte mich bewegen, die Zeit vertreiben, die Spannung
steigern oder zerstreuen. Keins der üblichen Spiele reizte
jetzt, kein Buch, und gerade an einem Tag, an dem es um
eine erwachsene Sache wie die Weltmeisterschaft ging,
konnte ich mich nicht vom *Kinderfunk im Hessenlande*
über die Zeit trösten lassen, schon gar nicht von der Mär-
chentante und vom Chor der Radiokinder *Heißa und da
sind wir immer froh, wir und unsre Tante Jo.*

Wie jeden Sonntag, jeden Mittag, wenn Abwasch und
Abräumen erledigt waren, hatte die Mutter an das Ruhe-
gebot erinnert, heute mit dem Zusatz «und nachher das
Radio bitte ganz leise!». Im Haus hätte ich jetzt still sitzen müssen, leise im Zimmer hocken, denn in den Stunden zwischen zwei und vier zählte nur der Mittagsschlaf
der kleinen Schwestern, Großeltern und Eltern. Sie zogen sich in die Betten zurück und wollten weder von
Besuchern noch vom Telefon und erst recht nicht von
Kindern gestört werden. Kein Geräusch durfte zu hören
sein, kein Schrei, kein Streit, keine Tür, keine knarren-
den Dielen und Treppenstufen. Lange genug hatte ich
kämpfen müssen, als Elfjähriger nicht mehr zum Mittagsschlaf gezwungen zu werden, aber umso mehr mußte ich

mich dem Gebot fügen, die anderen auf keinen Fall zu stören. Vor der verordneten Stille lief ich fort, hinaus an die Luft, unter die Lerchen unter den Wolken, hinaus in den Sommer, den Hutzberg hinauf, wo der Wald, der auf dem Höhenkranz die Wehrdaer Senke wie ein Hufeisen umschloß, in einer schmalen Zunge von Buchen, Kiefern, Eichen sich bergab neigte und dem Dorf ein Stück entgegenkam.

Die Sonntagspflichten waren erfüllt, Sonntagsgefahren überstanden, trotzdem suchte ich Abstand von Gebeten und Altären, von Messern und Opfern und von der erzwungenen Ruhe. Das Getreide stand hoch, ich war etwa so groß wie die gelbbraunen Roggenhalme und nur wenig größer als der Weizen, die Eltern hätten mich aus ihrem Schlafzimmer erkennen können an der Jacke und am weißen Hemdkragen, ich lief fort von ihren Blicken, fort von der Schroffheit des mittäglichen Rückzugs, fort von der kränkenden Stille, die wie das lautlose Echo aller Gebote war, die Summe aller Stummheiten. Ich wußte nicht, ob sie wirklich schliefen am hellen Mittag und warum sie so böse wurden, wenn trotz aller Vorsicht eine Tür zufiel, ein Laut aus dem Kinderzimmer drang oder ein Besucher sich nicht abweisen ließ. Nur einmal, als meine Großmutter sich beschwerte über einen Mann, der meinen Vater dringend sprechen wollte, hatte er seine Schwiegermutter angefahren: *Ich bin für meine Gemeinde da!* Das änderte nichts an der üblichen Begründung, sie müßten, auch meinetwegen, um sechs aufstehen und kämen erst gegen elf ins Bett, brauchten folglich den Mittagsschlaf als Ausgleich, das war nur eine Begründung und schob das jeden Tag wieder aufgefrischte Bild nicht weg von den Eltern, die sich unter Drohungen in ihre Kissen verkriechen. Die älteren Jungen grinsten, sobald vom Mittagsschlaf der Pfarrersleute die Rede war, und wenn ich die Eltern verteidigte mit der übernommenen Begründung, dann wurde es nur schlimmer, dann grinsten sie noch mehr, dann hieß es, daß einer, der nicht mehr schufte als die Bauern, schon gar nicht körperlich, wohl andere Gründe haben müsse.

Sind die Ungarn zu stoppen? Ich konnte die Ungarn nicht stoppen und lief, nicht gehetzt, sondern immer freier den Feldweg entlang, ich wußte, ich kehre bald wieder, bald sitze ich vor dem Radio, und es gibt nur noch das Spiel. Schon ließ die Anstrengung nach, die häuslichen Vorschriften entweder befolgen oder umgehen zu müssen. Mein Laufen war keine Flucht, nur die in Bewegung übertragene Sehnsucht, die angestaute Gottgefälligkeit abzuwerfen und in einer grünen, helleren Umgebung aufzuatmen. In den erntereifen Feldern blaue Tupfer der Kornblumen und rote Flecken der Mohnblumen, Meisen sprangen aus der Hecke am Feldrain, am Weg lagen zwei Fichtenstämme, Äste und Spitzen abgehauen, und hinter mir verwehten die verhaltenen Sonntagsgeräusche des Dorfs.

Ich schaute mich um, lief ein paar Schritte rückwärts bergauf. Die Sonne blieb verdeckt, der graue Himmel sah nicht nach Regen aus. *Die deutsche Elf will den Himmel stürmen*, ich hatte es nicht mehr weit auf meinem Weg zur Bank am Waldrand oben. Die Fahrspuren wurden tiefer, die Böschung steiler, ich war über den Dächern, in der

Höhe der Kirchturmspitze, und mit dem Aufstieg wuchs das Glück, hinabzuschauen und die kleine Welt da unten mit eigenen Blicken zu ordnen. Als ich oben stand, unter Eichen und Buchen, über Kartoffeläckern und Getreidefeldern in verschiedenen Gelbfarben, nur der Hafer noch grün, als ich stillstand und meinen Atem hörte und den Wind in den Blättern, den Wind im Gras, in Lupinen und Schafgarbe, und kein Geräusch aus dem Dorf, verschwand endlich die Angst, von der verordneten Stille gefressen, von Spannung zerrissen, von einem ungewollten Haß befallen zu werden.

Ich setzte mich auf die Bank, und wie von selbst fotografierten die Augen das weite Panorama der Felder, Wiesen, Wälder und Dächer, den Sportplatz auf halbem Weg nach Rhina, nicht weit davon den Judenfriedhof, wo niemand beerdigt wurde, und die Ruine des alten Wasserschlosses, darüber halb versteckt zwischen Fichten das Schloß Hohenwehrda mit lauter schönen Internats-Schülerinnen, gegenüber am anderen Waldrand den Friedhof, darunter die Straßen erkennbar an Scheunendächern und Hausdächern in verschiedenen ziegelroten Tönen über Fachwerkmustern, zwischen Pappeln und Ulmen das tiefwarme Rot des Roten Schlosses und das verwaschene Gelb des Gelben Schlosses, das dreistöckige Gasthaus Lotz, in der Mitte die Kirche mit dem wuchtig breiten, schiefergedeckten Zwiebelturm, flankiert von vier Seitentürmchen, die Kirche wie eine steinerne Glucke, gekrönt vom Wetterhahn, und hinter Obstbäumen das Dach und das Fachwerk des Pfarrhauses. Es tat gut, mit den Blicken alles zu berühren und zu verschönern, es tat gut, die Macht der Eltern zurechtgerückt zu sehen in den Maßstab des Dorfes, ins Gefüge der anderen Fachwerkbauten, Bäume und Dächer, und es beruhigte mich, auf das Haus der Vorschriften, in dem sie nun in ihre Mittagsruhe eingepfercht lagen, hinabzuschauen.

Die Sonntagsstille zwischen den Häusern, vom leichten Wind über die Kornfelder zu mir getragen, hatte etwas Natürliches, nichts Lebloses, nichts Feindliches, und wenn doch ein Automotor, eine Kuh, ein Hahn entfernt im Tal zu hören waren, dann paßten die Geräusche zu dieser Stille und machten sie deutlicher. Es war alles da, es war nichts verändert, es war alles in Ordnung, es war still, als schliefen nicht nur meine Eltern und Großeltern und die kleinen Schwestern, als schliefen alle Menschen, das Vieh, die Häuser und drei Schlösser den Dornröschenschlaf. Ich war außerhalb, ohne mich ausgeschlossen zu fühlen, und hatte nicht die tollkühne Absicht des Prinzen, mit einem Kuß alle aufzuwecken. Ich wußte nicht mal, was ein Kuß war, ich wollte alles so verharren lassen im Schlaf, ich schlief ja selber noch und hatte keine Prinzessin im Sinn, zu jung, mich von den Prinzessinnen im Schloß Hohenwehrda locken zu lassen, zu alt für die Märchen, ich saß dazwischen und schaute wie benommen hinab, als müßte ich mich wieder und wieder meines Ortes versichern, und wollte allein mit dem törichten Wunsch zurechtkommen, die Zeit anzuhalten und sie zugleich zu beschleunigen.

Versunken in das Bild, das ich längst kannte oder zu kennen glaubte, suchte ich etwas darin wie in einem Spiegel, konnte nicht genug bekommen von dem, was ich sah, verliebt in die einfache Perspektive von oben, wie auf dem Kirchturm, oder verliebt in mich selbst, denn Dächer, Fachwerk, Gartengrün, Wiesengrün, Waldgrün und Getreidegelb waren wie Spiegel, und mein Blick schwebte ohne zu stottern darüber hin.

Über allem der Stoppelsberg mit der Burgruine mehr als fünfhundert Meter hoch, dahinter lag das ferne Land, das aus lauter bösen Os bestand, Ostzone, rot und tot. Noch weiter hinter dem Stacheldraht wohnten die Ungarn, ich wußte nichts von den Ungarn, ich kannte nur die eine Frage *Sind die Ungarn zu stoppen?* Auf dem Fußballplatz waren sie nicht zu schlagen, aber an dieser Grenze waren die Ungarn zu stoppen und Ulbricht, da war ich sicher. Denn auf unserer Seite waren die Amerikaner, die in jedem Frühjahr und Herbst in den Wäldern ringsum ihre Manöver wie große Geländespiele feierten und mit Jeeps und Panzern zwischen den Bäumen kampierten, wir pilgerten zu ihnen auf den Hutzberg, an dem ich nun saß, und standen andächtig vor ihren Funkgeräten und Panzerketten, und sie freuten sich, wenn wir sie bewunderten mit ihren Dosensuppen, Schokoladen und Zigaretten. Die Soldaten fuhren mit unsern Fahrrädern durch den Wald, ehe sie zur Belohnung Kaugummis ausgaben und Fotos nackter Frauen zeigten. Es war Frieden, auf die Amis war Verlaß, jeden Tag morgens und mittags fuhr ich mit dem Bus an dem Tanklager der Armee in Bad Hersfeld vorbei, wo die Posten ihre Maschinenpistolen locker nach unten hielten.

Die Ungarn, die Russen, die Ostdeutschen waren gestoppt, ich hatte keine Angst vor ihnen. Es war Frieden,

der Krieg noch nah, aber längst vergangen, lebendig in allen Köpfen als das größte Erlebnis, *In einem Polenstädtchen, da wohnte einst ein Mädchen*, und die Einbeinigen und Einarmigen und die fehlenden Väter bewiesen, daß es diesen Krieg wirklich gegeben hatte. Die letzten deutschen Soldaten, endlich aus der Gefangenschaft entlassen, wurden mit Fackeln vom Ortseingang bis zur Haustür begleitet und vom Männergesangverein mit *Nun danket alle Gott* und *Nach der Heimat möcht ich wieder* begrüßt. Geschichten von den ersten Tagen der Besatzung durch die Amerikaner, von ausgeräumten Wurstkammern, Lieferpflicht für Kartoffeln und Fingerabdrücken auf Registrierkarten versanken ins Vergessen. Es war Frieden, auch wenn die eine Partei in Bonn etwas anderes wollte als die andere Partei in Hessen, am längsten hielt sich das Adenauerplakat von der letzten Wahl am Backhaus. Die Leute gingen ihrer Arbeit nach, wenn kein Sonntag dazwischen kam, der Bauer wurde gebraucht, die Fabriken zahlten immer besser, einige arbeiteten bei Zuse in Neukirchen und Hersfeld an rätselhaften, riesigen Rechenmaschinen. *Das Leben geht weiter*, nur im Osten nicht, in der Ostzone lief gar nichts, deshalb war sie keine Gefahr, aber sie lag so nah, daß immer ein schwaches Echo der politischen Ereignisse übers Tal klang.
Ich schaute nach Osten, sah mein Dorf als kampflosen Ort, eingepaßt in die Felder und Wälder in der Mitte der Welt. Nur in den Schießscharten des Turms steckten die Fragen, warum hier einmal geschossen wurde. Wehrda hatte sich immer gut verteidigt, das wußte ich, der Dorfname wurde von der Wehrkirche abgeleitet, vom Kirch-

turm mit seinen dicken Mauern. Ja, vor zweihundert Jahren oder noch früher war das Dorf umkämpft gewesen zwischen dem Bischof von Fulda und den evangelischen Hessen, eine Grenze ging mitten durch Wehrda, durch unsern Garten, direkt neben der Kirche, kleine Kriege und jahrzehntelange Kämpfe wurden um diesen Flecken geführt. Aber warum die hohe Mauer ums Schloß, da wußte einer zu erzählen, was ihm sein Opa erzählt hatte, daß die Herren des Dorfes früher den Bauern alles weggenommen und noch um die Jahrhundertwende die Bräute vor der Hochzeit ins Schloß bestellt hatten, früher, und die Schulkinder, die für sie arbeiten mußten, mit Schnaps bezahlt, früher. Alle Kämpfe waren vorbei, aber der Streit lebte unter den Harmonien fort.

Ich horchte von oben, von weitem in die Häuser hinein, kannte die meisten von innen, ich wußte, man hatte gegessen, abgewaschen, aufgeräumt und hockte in der Stummheit des frühen Nachmittages hinter den Fachwerkwänden. In vielen guten Stuben nistete etwas Dunkles und Dumpfes, das mit dem harten Leben zwischen Stall und Feld, Misthaufen und Schweinen, Heumahd und Anhängerkupplung wenig zu tun hatte, in den kalten, ungelüfteten Stuben steckten verdrückte Geschichten, immer stand da ein gefallener Sohn oder Vater oder Bruder in einer peinlich gewordenen Uniform gerahmt auf einem Häkeldeckchen und schaute den Hinterbliebenen, den Besuchern vorwurfsvoll auf den Streuselkuchen.

Jedes Haus, so schien mir, hatte ein Geheimnis, etwas, worüber nicht gesprochen wurde, nicht allein undurchsichtige Feindschaften um Ackerwege oder Schulden, nicht allein die Gerüchte, wer ein Säufer war, wer mit wem verzankt, wer einen Flüchtling als Schwiegersohn abgelehnt, wer es mit andern Frauen hatte. Da war eine abgestandene Wut, da waren dunklere Geschichten, die nicht in meine Kinderwelt paßten, irgendwo war da ein Abgrund, aus dem manchmal Silben wie *Jud* mit einem verächtlich lang gesprochenen U und Worte wie *Führer* mit einem flötenden Ü oder *Nazi* mit trotzig betontem A auftauchten und gleich wieder hämisch und eilig zurückgestoßen wurden in den Schlund, eine Märchenwelt böser Vokale und Figuren, eine verbotene, gefährliche Mischung, an die man nicht rühren durfte, aber alle Märchen endeten einmal, *und wenn sie nicht gestorben sind, dann leben sie noch heute.*

Das stimmte nicht, so vieles stimmte nicht, die toten Männer auf dem Buffet lebten weiter, obwohl sie gestorben waren. Sie machten Vorwürfe, sie verdarben den Appetit. Amputierte humpelten um Schlaglöcher herum als lebendige Anklage gegen die Gesunden. Flüchtlinge wohnten gedrängt und dankbar in kleinen Häusern oder unter Dächern, niemand fragte, wer vor ihnen da gewohnt hatte, ich hörte wieder und wieder den Vorwurf, zu Unrecht vertrieben worden zu sein. Der Krieg war eine Niederlage gewesen und hatte einen eingeschläferten Haß hinterlassen, der Krieg war an etwas schuld, womit alle zu tun hatten und nichts mehr zu tun haben wollten wie mit der Autobahnbrücke tief im Wald hinter mir, über die nie ein Auto gefahren war, weil man nur eine Schneise geschlagen und die Brücke gesetzt hatte, die nun in Pfützen und Schlamm zum Denkmal wurde für eine vertane, vergangene Zukunft.

Deutsche Elf will den Himmel stürmen, ich wollte dabeisein und keine Minute versäumen. *Sind die Ungarn zu stoppen?* Das war die entscheidende Frage. Ich lief zurück, in lockerem Schritt bergab, locker wie die Spieler zur Mitte des Sportplatzes, ehe der Schiedsrichter anpfiff.

Hier sind alle Sender *der Bundesrepublik Deutschland und West-Berlins, angeschlossen Radio Saarbrücken. Wir übertragen aus dem Wankdorf-Stadion in Bern das Endspiel um die Fußballweltmeisterschaft zwischen Deutschland und Ungarn. Reporter ist...* von fern kam die Stimme, fremd und deutlich jede Silbe laut gesprochen, ich durfte nur leise hören, das war die Bedingung, ich rückte den Stuhl näher an das Gerät, neigte mich der fernen Stimme entgegen, der Sprecher wechselte... *Deutschland im Endspiel der Fußballweltmeisterschaft, das ist eine Riesensensation, das ist ein echtes Fußballwunder, ein Wunder, das allerdings auf natürliche Weise zustande kam.*

Ich vertraute mich der fremden Stimme an, die geschmeidig und erregt die Begeisterung von Silbe zu Silbe trug und sich schnell steigerte zu Wortmelodien wie *Riesensensation* und *Fußballwunder*. Ich war sofort gefangen von diesem Ton: da sagte ein Erwachsener in wenigen Worten endlich alles, was ich fühlte und nicht fassen konnte, ich sog die Stimme ein, ließ mich von ihr führen, heben und abwärts schaukeln. Das Spiel hatte bereits begonnen, im Hintergrund Zuschauerrufe, ich stellte die Sendernadel genauer ein, Frankfurt zwischen seltsamen Orten wie Hilversum, Monte Ceneri, Sottens und Beromünster, und als die Namen *Fritz Walter* und *Rahn* fielen und ein erster gewaltiger Schuß, den der Reporter mit einem wuchtigen Stimmstoß nachahmte, zuckte mir der rechte Fuß: das Wunder war da, es gab eine direkte Verbindung zum Spielfeld in Bern. Dort regnete es heftig, ich stellte mich auf den Regen ein, wie schnell rutscht man auf nassem Rasen, und lief hinter dem Ball her, den ich nicht sah, auf dem Drehstuhl, dem Amtsstuhl vor dem mächtigen Schreibtisch des Vaters, zum Radio gedreht, als könnte ich im Radio etwas sehen, als könnte mein Blick auf den braungelben, vor den Lautsprecher gespannten Stoff oder auf das magische grüne Auge den Verlauf des Spiels beeinflussen und den Ball vor die richtigen Füße lenken.

Ohne eine Sekunde darüber nachdenken zu müssen, lief ich und schoß ich mit auf der Seite der Deutschen, der *Außenseiter*, weil ich mir mitten in Deutschland nichts anderes vorstellen konnte, als gegen die Ungarn zu sein, den *großen Favoriten, den ungekrönten Weltmeister, der seit viereinhalb Jahren in einunddreißig Länderspielen nicht bezwungen wurde.* Außerdem waren die Ungarn mehr oder weniger Kommunisten, gehörten zu den mir seit einem Jahr, seit Juni 1953 verhaßten Feinden, und vielleicht spielte auch eine stille Ablehnung großer Favoriten und unbesiegbarer Mächte mit. Ich hatte keinen Funken Sympathie für die *ungekrönte* Fußball-Weltmacht, die mit dem 8 : 3 im

Vorrundenspiel schon vorgeführt hatte, wie sie *uns*, die Unterlegenen, die Kleinen, die *Außenseiter*, fertigmachen konnte.

Unsere tapferen Jungens... hatten es geschafft, gegen diese Macht anzutreten, sie herauszufordern, ihr standzuhalten, und ich versuchte, mit meinen Wünschen *unseren tapferen Jungens* zu helfen. Der Reporter nahm meine heimlichen Gedanken ernst, zog mich mit aufs Spielfeld oder in die erste Reihe der Zuschauer, das war egal, ich war mittendrin, denn bei jedem *uns* oder *unser* oder *wir* war auch ich angesprochen und gehörte schon nach wenigen Minuten mitten in die Gemeinde der Fußballanhänger. Ich rechnete es mir hoch an, daß *wir* so weit gekommen waren bis jetzt, ich fühlte mich stark und immer stärker, vielleicht waren die Ungarn ja doch zu stoppen und die Niederlage zu vermeiden. Aber es drohte Gefahr in jeder Sekunde... *schlechtes Abspiel, Nachschuß, Tor!* 1 : 0 für die Ungarn, ...*was wir befürchtet haben, ist eingetreten... der Blitzschlag der Ungarn.* Ich faßte es nicht sofort, völlig überrascht, und das Schlimmste an der Enttäuschung über das Tor war, daß ich mich ertappt fühlte, weil ich dazu beigetragen hatte: mein Hochgefühl am Radio in Wehrda hatte auf dem Spielfeld in Bern den Gegenschlag ausgelöst. Das Tor fällt immer dann, wenn man überheblich und leichtfertig wird, dann paßt man nicht auf, dann passiert es, so viel verstand ich vom Fußball.

Der Reporter versuchte zu trösten... *vergessen wir nicht, Deutschland hat noch nie einen ähnlichen Erfolg errungen...* aber mich tröstete er nicht, das war der Anfang der Niederlage, ...*die Angriffsmaschine der Ungarn rollt...* und der

Schrecken über das Tor war noch nicht geschluckt... *Tschibor wie ein Wirbelwind...* und schoß das zweite, nur zwei Minuten später. Es war alles verloren, meine zitternde Aufmerksamkeit, meine Verneigung vor dem Radio, mein Zucken im Fuß nützten nichts. Auch die anfeuernde Stimme des Reporters half nicht mehr, eben hatte er noch gesagt, *es ist ein großer Tag, es ist ein stolzer Tag, seien wir nicht so vermessen, daß wir glauben, er müßte erfolgreich ausgehen...*, jetzt wurde er ruhiger, nüchtern im Ton und stimmte mich auf die Katastrophe ein. Nach acht Minuten zwei Tore, damit war alles entschieden. Es nützte nichts, an das gute Regenwetter zu glauben, das auf unserer Seite sein sollte, *das Fritz-Walter-Wetter*, wir waren wieder Verlierer, wieder gehörte ich zu den Verlierern, der Reporter hatte recht, es war *vermessen* gewesen, Gedanken an einen Sieg zuzulassen, und noch schlimmer war: auch der schüchterne Mut zu dieser Hoffnung war bestraft, ich hatte mich schon zu weit gewagt mit dem vorsichtigen Wahn von Größe und Sieg, ich schämte mich, drehte den Körper weg vom Radio, suchte den Schutz der Gleichgültigkeit und redete mir ein: egal, es ist doch ganz egal, wie das Spiel ausgeht.

Und Tor! Tor für Deutschland! Tor! ...ein Spagatschritt von Morlock schoß alles wieder weg, was ich gerade gedacht hatte, das Tor stieß die Hoffnung wieder an, nicht völlig unterzugehen... *Gott sei Dank, es steht nicht mehr zwei zu null.* Ich konzentrierte mich, starrte auf das grüne Auge, als sei es der Ball, und schob ihn meinen Spielern zu, die Spieler kämpften auf dem Feld, kämpften auf rutschigem Boden, vor dem deutschen Tor Gefahr, Sekunden später

Gefahr vor dem ungarischen Tor... *der Außenseiter stürmt*... in jeder Minute ein Angriff auf der einen wie der anderen Seite, die Reporterstimme wogte hin, wogte her zwischen *Möglichkeit!* und *Möglichkeit!*, so daß die Weite des Spielfelds und das Mittelfeld durch das Spieltempo wie verkleinert schienen und ich die weißen Pfosten der beiden Tore sehr nah beieinander sah. Schwarzweiß war mein Bild von dem fernen Spiel, nicht nur weil die Deutschen in schwarzen Hosen und weißen Hemden auftraten, sondern weil die Ungarn für mich keine bestimmten Farben hatten oder ich ihnen keine deutliche Farbe gönnte. Ich sah nur kräftige, rohe Gestalten mit bedrohlichen Namen wie *Puschkasch*, *Hidegkuti*, *Tschibor*, sah den Rasen grau, den Regenhimmel grau, die Zuschauer grau, sah die Spielzüge im Tempo der Namen, die der Reporter mal wie ein Stürmer, mal wie ein Verteidiger zu mir herüberflankte, ich wurde Teil der Bewegung zwischen Hell und Dunkel, zwischen Abseits und Aus, war am Ball, war der Ball, hierhin und dorthin getreten, hier auf der Torlinie die letzte Rettung, dort auf der Torlinie, aber... *der ruhige, eiserne Toni hält. Einmal Atem holen... Ecke für Deutschland, und... Tor! Tor! Eckball von Fritz Walter, Tor von Rahn! Aus null zu zwei zwei zu zwei! Ja ist es zu glauben, wir haben ausgeglichen gegen Ungarn, die großartigste Technikerelf, die man kennt!*

Die Stimme bebte, ich bebte mit, ich schrie nicht auf, durfte während der Mittagsruhe den Torschrei nicht mit meiner Stimme verstärken, denn der Ofen war durch einen Schacht mit dem Kachelofen im Zimmer der Großeltern verbunden und übertrug jedes auffällige Ge-

räusch direkt nach oben. *Und wieder stürmt Deutschland...*
die leise laute Stimme hob mich, peitschte mich zu einer
Regung auf, die mich gleichzeitig in einen stimmlosen
Stillstand versetzte, ich fühlte den Sturm der Gefühle,
den das zweite Tor in mir ausgelöst hatte, aber ich hatte
kein Ventil dafür, durfte keins haben, also staute ich alles
auf, sammelte, speicherte und hielt still... *Kinder, ist das
eine Aufregung!*
Ich hatte noch nie eine Fußballreportage gehört, immer
öfter fielen Wörter, die nichts mit Fußball zu tun hatten... *Wunder!* ... *Gott sei Dank!* ... *So haben wir alle gehofft,
gebetet!* ...und ich staunte, daß der Reporter das Wort
glauben mit mehr Inbrunst als ein Pfarrer oder Religions-
lehrer aussprechen konnte. Beinah wieder ein Tor für
Ungarn, beinah ein Tor für Deutschland, und wieder
hielt Toni Turek einen *unmöglichen* Ball, wieder Gefahr,
der Ball im Tor, nein, ... *Turek, du bist ein Teufelskerl! Turek,
du bist ein Fußballgott!*
Ich erschrak über diese Sätze und freute mich gleichzeitig, daß Turek gehalten hatte, aber der Schrecken saß
tiefer, und im Abklingen des Echos dieser Rufe begann
ich auf die schüchternste Weise zu ahnen, was für
Schreie das waren: eine neue Form der Anbetung, ein
lästerlicher, unerhörter Gottesdienst, eine heidnische
Messe, in der einer gleichzeitig als Teufel und Gott ange-
rufen wurde. Auch wenn es nicht wörtlich gemeint war,
Phrasen des Jubels nur, ich drehte die Lautstärke noch
ein wenig herunter, weil es mir peinlich gewesen wäre,
wenn jemand mich beim Hören von Wörtern wie *Fußballgott* abgehört hätte. Ich sträubte mich gegen diese Läste-

rung und bot alle meine angelernten Argumente dagegen auf: *Du sollst keine anderen Götter haben neben mir, Du
sollst den Namen des Herrn nicht unnützlich führen*, und doch
gefiel mir, noch immer gebannt vom Nachklang der drei
Silben *Fußballgott*, daß dieser Gott sehr menschlich war,
daß da Götter, statt blutend am Kreuz zu hängen, für
mich im Tor standen oder Tore schossen, sich abracker-
ten im strömenden Regen und kämpften wie *Liebrich,
Liebrich, immer wieder Liebrich*, und langsam ahnte ich, weshalb meine Eltern für den Fußball und für meine schüchterne Neigung zu diesem Sport nichts übrig hatten und
hier vielleicht die Konkurrenz anderer, lebendigerer
Götter fürchteten.

Die Spannung des Spiels lockerte meine widerspenstigen
Schuldgefühle, gegen das erste Gebot zu verstoßen
durch bloßes Zuhören, ich fand von Minute zu Minute
mehr Gefallen daran, einen heimlichen Gott, einen *Fußballgott* neben dem Herrgott zu haben. Der Mann der Gebote hing direkt hinter mir an der Wand, ich sah mich
um, auf einem postkartengroßen, goldgerahmten Bild
hielt ein braundunkler, bärtiger Moses die Feder und
nahm das Diktat der Zehn Gebote entgegen, aber er
blickte zur Seite, zum Herrn, schrieb mit der Gänsefeder
und kümmerte sich um die Gotteslästerung des Reporters und meinen Anflug der Zustimmung nicht.

Ich war allein, aber umstellt von Bildern und Gegenstän-
den, die das Zimmer zum Amts- und Gotteszimmer
machten, wo Predigten geschrieben, Andachten gehalten, Anweisungen an Brautpaare und Taufpaten gegeben wurden, wo die Bücher dunkel hinter Glas aufge-

reiht auf ihre staubige Auferstehung warteten, wo die Strenge zweier Kreuze die Wände markierte und die dreifache Rose als Familienwappen ein Schmuck war, hier mußte man sich jeden Vormittag um elf zu einem kurzen Gebet versammeln, hier wertete mein Vater die Wunder Jesu aus dem Heiligen Land für die Bauern von Wehrda, Rhina, Schletzenrod und Wetzlos aus, hier wälzte er das Wort Gottes um und schöpfte Erkenntnisse, Zitate, Stichworte, hier wollte er nicht gestört sein und spielte die bekannten Kirchenlieder auf dem Klavier, hier teilte er Prügel und Geschenke aus: wenn die Zehn Gebote irgendwo galten, dann hier. Die Rufe des Reporters *Ein Wunder! ... gebetet! ... Fußballgott!* klangen in meinen Ohren nach und rüttelten an allem, was ich in diesem Zimmer sah, aber die Kreuze waren nicht von der Wand gerutscht, der Ermunterungsspruch in halbverständlichem Latein für den Seelsorger VENI SANCTE SPIRITUS / PASCE PASTOREM / DUC DUCEM / APERI APERTURO / DA DATURO prangte in gespreizter Schönschrift unter dem Kreuz, ohne daß der Heilige Geist dazwischengefahren war, die dicke HEILIGE SCHRIFT lag wie ein schwarzer Kindergrabstein auf dem grünen Filz des Schreibtischs, und als der Reporter von unserem *Schutzengel* sprach, rührten sich die Musikengel über dem Klavier so wenig wie der Engel der Verkündigung gegenüber an der Wand, der steif vor der knienden Maria im Säulengang die segnenden Hände hob. Immer besser gefiel mir die Lästerung, und in diesen Minuten rückte ich ab von der dreieinigen Besatzungsmacht Gott, Jesus und Heiliger Geist und begann an einen *Fußballgott* und Außenseitergott zu glauben, und nicht nur an einen, denn wenn Turek ein *Fußballgott* war, dann mußten die anderen zehn auch so etwas wie Götter sein.

Unentschieden ging es in Bern hin und her... *an den Pfosten, an den Pfosten! Turek war schon geschlagen*... und im schnellen Spiel mit überraschenden Wechseln vom einen in den anderen Strafraum klammerte ich mich weiter an die Namen, die der Reporter nannte, *Kohlmeyer, Posipal, Ottmar Walter*, die gerade den Ball führten, schossen, köpften, stoppten, hielten. Ich atmete auf, wenn die guten Namen fielen, *Eckel der Windhund, May mit einem Kämpferherzen ohnegleichen, Rahn aus Essen, Fritz ist überall*, während ich bei den ungarischen Namen zuckte und das Schlimmste erwartete von *Puschkasch, Hidegkuti, Lorant, Butschanski, Zakarias*, jeder dieser zischenden, tückischen Namen schmerzte wie ein Stich... *wieder die Ungarn... die Ungarn sind am Drücker... die Ungarn mit aller Macht*.

Ich lehnte mich zurück im Stuhl, drehte zum Schreibtisch mit Telefon, Tintenfaß, Füllhalter, Bleistiften, Rotstiften und Briefen... *ein ungeheures Tempo...*, nahm den Brieföffner in die Hand, ohne es zu merken, hielt den Elfenbeingriff, suchte meine Gegner, drehte mich nach allen Seiten, sah Kreuze und Engel und Jesus und Moses und das große Foto gerahmt mit dem Portal der Kathedrale von Chartres... *wundervolle Kombination der Deutschen...* und legte den Brieföffner zurück. In meiner Spannung wollte ich durchs Zimmer gehen, am Bücherregal entlang, zum Sofa in der Ecke oder um die Festung Schreibtisch herum, aber ich blieb auf dem Platz, von dem die väterliche Gewalt ausging, von dem aus er die Gemeinden in vier Dörfern regierte, ich konnte nicht weg vom Gerät, aus dem meine frohe Botschaft kam. Die Stimme hatte mich wieder nah an den Lautsprecher gezogen, unter dem Radio das *Stuttgarter Biblische Nachschlagewerk*, das *Evangelische Kirchenlexikon*, Predigthilfen, Kommentare, Aktenordner, das Werkzeug des Vaters, der schlief oder schon nicht mehr schlief, ich wußte die Uhrzeit nicht, es zählten nur die Spielminuten... *sechs Minuten noch, zwei zu zwei, das ist mehr, als wir in unsern kühnsten Träumen erwartet haben.*

Über dem Radiogerät der Triumphbogen, ein Kupferstich aus Rom mit einer Szene am Rand des Forums... *ein einmaliger Tag in unserer Fußballgeschichte... und jetzt wieder Deutschland...* ich wollte jetzt nicht an Rom denken, mußte aber in der wachsenden Aufregung meinen Blick irgendwo anbinden, Rom war viel weiter als Bern, das Bild bewegte sich nicht, *Veduta dell'Arco di Settimio* stand darunter, ein halb versunkener Triumphbogen vorn und eine endlose Treppe im Hintergrund, wenige, winzige Menschen, ein Esel, keine Farbe, trotz feiner Striche eher düster und leer, beherrscht von hohen Gebäuden mit dunklen Wänden, schwarzen Türlöchern, eine Steinwelt... *Schäfer müßte schießen! Abgewehrt! Und Nachschuß! Abgewehrt!* ...ich verstand nicht, weshalb mein Vater seine Erinnerung an Rom gerade an dieses Bild heftete... *liebe Ungarn, jetzt müssen wir sagen, jetzt habt ihr Glück gehabt! Kinder, Kinder, Kinder, zwei Minuten vor Halbzeit die mögliche Führung für Deutschland!*

Der Reporter dachte auch an mich, dachte an die Kinder,

und es war mir egal, ob das nur eine Redensart war, er bezog mich ein, er wußte, wie ich fühlte und was ich hoffte, besser jedenfalls als die Tante Jo vom *Kinderfunk im Hessenlande* und das *Heißa und da sind wir immer froh*, jetzt war ich, in Spannung verkrampft, wirklich froh, geführt von einer Stimme, die das Spiel zu mir brachte und mich mitspielen ließ. Was ich hörte, wärmte mich, anders als die Vaterstimme, von innen, es schien mir, als sei alles, was mich blockierte, gelockert, als dürfe ich hier endlich so fühlen, wie ich mich wohl fühlte, trotz der wachsamen Nähe all der dicken schwarzen Bücher und der Pfarreraktentasche. Aber das Spiel war noch nicht vorbei, ich schaute auf das Rombild, auf die Treppenstufen, hinauf, hinab, auf das feine schwarzweiße Gefüge des Stichs, eine Frau im Vordergrund streckte den Arm weit aus, zum Triumphbogen hin, der mit seiner gestrichelten Steinlast und den Steinmustern zu meiner schwarzweißen Wahrnehmung des fernen Spiels paßte. Das Spiel war noch lange nicht vorbei, über meine Gefühle das letzte Wort nicht gesprochen, ein Schuß, ein Abwehrfehler konnte wieder alles zunichte machen... *Kopfball von Kotschitsch! Am Tor vorbei!* Einer verletzt, Eckel verletzt, wie wird es weitergehen... *Sepp Herberger, er scheint die Ruhe selbst zu sein, aber wie mag es in ihm aussehen...* muß Eckel aufhören, blutet er, blutet die Mannschaft... *wieder die Ungarn...* und noch einmal... *aber der Abpfiff erlöst uns...* der Abpfiff erlöste mich, die Zeit wurde angehalten, Pause zehn Minuten... *wir bitten Sie, die Leistung unserer Mannschaft in Ihren Herzen so anzuerkennen, wie sie es verdient.*

Das Blut blieb nicht in den Adern, das Blut blieb nicht in der Wunde, es trocknete nicht, es floß ohne aufzuhören, wohin lief das Blut, wer fing es auf, wohin fiel der blutleere Körper, wer fing den Körper auf, ich wollte nicht wissen, was der Lehrer da vorne erzählte von einem Bluter, ein Junge, etwas älter als wir, der an seinem Blut sterben mußte und nicht mehr zu retten war, und ich verstand nicht, warum diese Geschichte, die schon in der *Hersfelder Zeitung* gestanden hatte, im Deutschunterricht erzählt wurde, vielleicht hatte ich wieder nicht richtig aufgepaßt, wieder den entscheidenden Punkt nicht begriffen, schon nach wenigen Sätzen des Lehrers war die Erzählung lebendig geworden, ich sah den Jungen bluten und immer bleicher werden, ich wehrte mich gegen die Geschichte, wehrte mich gegen die immer deutlicheren Bilder, konnte das Blut nicht stoppen, das Blut stand nicht still, ich sah den Bluter in einem weißen Bett liegen und um ihn herum ratlose Ärzte und Eltern das Blut auffangen mit Schüsseln, das Blut lief aus der Wunde, ich sah die Blutquelle auf dem Arm des Jungen, es gab kein Medikament, das Blut gerinnen zu lassen, man konnte die Wunde nur abdecken, zustopfen, hochlegen, aber das half wenig, das Blut quoll weiter durch Pflaster und Binden, und ich dachte, jetzt ist es genug, jetzt muß er endlich aufhören, der Lehrer, ich will es so genau nicht wissen, ich kann Blut nicht sehen, ich will es nicht sehen, und ganz wild auf die Blutgeschichte, so schien mir, lauschten die dreißig Jungen um mich herum dem Lehrer, der nun berichtete, daß diese Krankheit vererbt werde und oft unter Adligen vorkomme, und ich wollte

nicht weiter hinhören, ich kannte das alles vom Nasenbluten, wenn die warme rote schwere Flüssigkeit aus der
Nase troff und Lappen und Tücher und Nasendrücken
und Nackenkühlen das Blut nicht bremsten und erst
nach vielen Minuten allmählich gerinnen ließen und ich,
die blutigen Taschentücher in der Hand vor der Nase,
auf dem Sofa lag und entkräftet die Frage nicht abweh-
ren konnte, ob ich auch ein Bluter oder wie nah den
Blutern und warum es immer so elend lang dauerte, bis
diese peinliche Tortur zu Ende war, es war genug, ich sah
das Blut, ich roch es, ich fühlte seine vertrauliche, tücki-
sche Wärme, es war genug, endlich hörte der Lehrer auf
mit der Geschichte, aber dann fragte einer nach, und
wieder ging es los mit Gerinnung und Vererbung, ich
konnte es nicht mehr hören, der Hinweis auf die Adligen
beruhigte mich überhaupt nicht, ich war ja selber zur
Hälfte von Adel, stammte von Leuten ab, die sich etwas
einbildeten auf das Von und das blaue Blut, auf das Blu-
terblut, das direkt in den Tod führte bei der geringsten
Gefahr und kleinsten Verletzung, ich hatte Angst vor
dem Blut, kannte das Blut auf den Jesusbildern, das Blut
auf der Stirn unter der Dornenkrone, das Blut fein ausge-
malt auf den Wundmalen auf dem Bauch über dem
Tuch, Jesus mit dem Leidensgesicht, mit Blutspuren auf
dem schwer herabhängenden Körper im Todeskampf,
der mir beweisen sollte: im Tod, im Blut ist das Leben,
und der verwundbare, schuldige Körper ist ein Ort des
Leidens und der Schmerzen, die nötig sind, um am Ende
auch mich zu erlösen, das Blut, das Christus *vergossen*
hatte, sollte auch für mich *vergossen* sein, sollte für mich

sein, aber das Blut, das da ohne zu gerinnen *vergossen* wurde, quälte mich nur, es machte den Körper leer, schlaff, bleich, tot, Christus quälte mich mit seinem Blut, es floß aus seinem Körper, aus dem Körper des Bluters, aus meinem Körper, es floß in den Raum, es floß mir entgegen, es war gegen mich, das Blut warf mich um, ich konnte nicht schwimmen und ertrank im Bild vom fließenden Blut, ich konnte kein Blut sehen und war schon öfter umgefallen, als ich Blut sah, ich fühlte meine Schwäche und wollte nicht umfallen, in der Schule schon gar nicht, ein stolzer Sextaner, ein Lateiner auf der Alten Klosterschule, der Schule von Konrad Duden, du fällst schon auf wegen deines Schweigens und Stotterns, du fällst schon auf wegen deiner Schwäche in fast allen Fächern, fall nicht auf, du darfst nicht umfallen, ich wollte nichts hören vom Blut, jedes neue Wort über diesen Bluter tat mir weh, jede Silbe machte mich schwächer, als zapfe mir jemand mit Gewalt das Blut ab, als sei ich der Bluter oder noch schlimmer dran als der Bluter, weil mir allein von dem einfachen, einsilbigen Wort Blut schwach wird, einer, der seine Bilder im Kopf nicht gerinnen lassen kann und deshalb ohnmächtig wird, ich fühlte den Kopfschmerz, die Kopfleere, und sah keinen Ausweg, traute mich nicht, meine Schwäche zu zeigen und die Schulbank, den Raum zu verlassen, hinaus in den Schweiß- und Bohnerwachsgeruch des Flurs, hinaus in den Hof, immer versuchte ich wegzulaufen, wenn ich kein Blut sehen und riechen wollte oder keine schlimmen Krankengeschichten hören, jetzt wollte ich stark sein und einmal den Kampf gewinnen gegen das Blut, aber wieder fragte einer, wieder holte der Lehrer aus, ich hörte weg, hielt die Ohren zu und versuchte, mich in andere Phantasien zu retten und fortzulaufen, dachte an das Eis für zehn Pfennig an der Sportschenke vor der Abfahrt des Busses, aber das Blut hatte mir jeden Appetit genommen, dachte an blühende Kirschbäume auf blühenden Wiesen und fühlte trotzdem das Blut in mir pochen und zugleich immer weniger werden und fühlte die Scham, daß mir von einer bloßen Geschichte aus der Zeitung schlecht wurde, und die Scham, so ein verkrampftes, unglückliches Verhältnis zu dem Stoff zu haben, der mir, der allen durch die Adern, durch den Körper floß und mich und alle am Leben erhielt, die Wunde schloß sich nicht, die Wunde blieb offen, es tropfte und quoll und floß immer weiter, meine Adern waren leer, meine Beine, Arme, der ganze Leib immer schwerer und schlaffer, und der Kopf glitt leicht wie ein Ballon abwärts, während die Bilder kippten –

und ich wachte auf vom Stimmengewirr, mein Blick wachte auf im Gartengrün, ich stand am offenen Fenster, der Lehrer und zwei Mitschüler hielten mich fest, der Lehrer sagte: «Tief durchatmen!» und war erleichtert, daß ich aufwachte, und hinter mir, neben mir dreißig Jungen mit aufgeregten Stimmen: ich stand in der Mitte, atmete die frische Luft ein und war die Sensation des Tages.

«*Schon vorbei, dein Fußball?*» fragte der Vater. – «Nein, Halbzeit. Unentschieden steht es! Unentschieden, zwei zu zwei!» – «Na doll!» Sein Tonfall überzeugte mich nicht ganz, aber ehe ich herausgefunden hatte, ob er das Unentschieden wirklich für eine Sensation hielt, erschrak ich über mich: ich hatte plötzlich «zwei zu zwei» gesagt, hatte die schwierigsten Wörter über die Zunge gebracht ohne zu stottern. Ich wußte nicht, ob mein Vater das gemerkt und mit «Na doll!» vielleicht mich gemeint hatte, ich war so verwirrt über meine Leistung, daß ich schnell vom Bad ins Amtszimmer zurücklief.

Aus dem Radio schwappte Tanzmusik, nebenan im Wohn- und Eßzimmer deckte die Mutter den Kaffeetisch. Ich hätte die Lautstärke erhöhen können, die Mittagsschläfer waren aufgestanden, aber ich ließ die Musik leise spielen, die schnellen, flotten Klänge waren mir fremd, paßten nicht hierher, paßten nicht zu diesem Radio, das nur kirchliche Sendungen oder *Die Glocken läuten den Sonntag ein*, den Kinderfunk und manchmal ein Sinfoniekonzert ausstrahlte. Hier regierte das Wort, und selbst das Klavier, das neben der Flurtür wuchtig in der Ecke stand, wurde zu nichts anderem gebraucht als zur Begleitung der Worte beim Singen, als seien die Tasten in den Kirchenfarben schwarz und weiß nur für Kirchenlieder geschaffen von Felix Holzweissig aus Leipzig.

Ich wollte noch nicht sitzen und lief vor dem Bücherregal auf und ab, wartete auf die zweite Halbzeit, auf das Ende der Musik, meine Schritte paßten nicht zu den Takten aus dem Radio. Um an die Bücher heranzukommen, mußte man erst die holzgefaßte Glasscheibe vor jedem

Regalteil an zwei Griffen anheben und, wenn sie waagerecht stand, nach hinten schieben, ehe man die Bücher anfassen und aufschlagen konnte. Neben Zeitschriften, Predigthilfen, Bibelkommentaren und *Karl Barth Kirchliche Dogmatik* behaupteten gewichtige Bücher ihren Platz, die mit Lederrücken hatte mein Vater von seinem Vater geerbt, *Gregorovius Wanderjahre in Italien, Hiltebrandt Der Kampf ums Mittelmeer, O. Jäger Weltgeschichte, Meyers Kleines Konversationslexikon, Ranke Fürsten und Völker von Süd-Europa, Hamann Geschichte der Kunst.* Alle die *guten Bücher* hinter den Glasscheiben reizten mich nicht, ich suchte mich abzulenken mit dem geordneten Bild aus Schrift, Farbe und Mustern, weiter unten die schwarz- oder goldgeprägten Rücken der *Gesammelten Werke Raabe, Keller, Reuter,* eine ferne und geerbte Romanwelt mit lästigen Frakturbuchstaben, *Shakespeare, Schiller, Goethe, Storm,* dann die Rücken mit neueren Umschlägen und seltsamen Titeln wie *Gollwitzer Führen wohin du nicht willst* oder *Klepper Der Vater* oder *Glasenapp Weisheit.*

Die Musik brach ab… *Sie hörten das Tanzorchester des Hessischen Rundfunks unter der Leitung von Willy Berking…* ich setzte mich wieder auf den Drehstuhl zwischen Fenster, Radio und Schreibtisch, unter den postkartengroßen Moses, unter die Familienrose, unter den römischen Triumphbogen, und war auf alles gefaßt, den Sieg, die Niederlage, das ewige Unentschieden.

Wir melden uns also wieder aus Bern… ferne Zuschauerrufe, Lautsprecherdurchsagen, Aufregung in der Luft. Der Reporter fand sofort wieder den Ton meiner Spannung und Begeisterung, lenkte sie mit seiner Stimme aufs Spielfeld und fütterte die Ohren mit mitreißenden und beruhigenden Sätzen, nach denen ich schon süchtig geworden war... *der Außenseiter hat gleich gute Chancen*... Das Blatt hatte sich gewendet, der Außenseiter war kein Außenseiter mehr, es durfte gehofft werden auf mehr als ein Unentschieden, und ohne es direkt zu sagen, hielt der Reporter einen Sieg für möglich... *Puschkasch allein! Acht Meter vor dem Tor!* ...sofort durchkreuzten die Ungarn alle verwegenen, winzigen Hoffnungsgedanken. Nein, wir durften nicht überheblich werden, die Mannschaft, ich und der Reporter, der schnell wieder zaghaft und vorsichtig sprach... *sollte auch uns daran erinnern, daß es bei aller Freude, allem Einsatz lediglich um ein Spiel geht*... Ein Spiel! Da irrte er, das wußte ich besser, es war viel mehr, ein Spiel war alles, was nicht auf die Schule bezogen oder auf Gott hingezerrt war, was man mit Freunden oder Geschwistern oder allein spielte, aber das, was ich da hörte, war viel mehr als alle Spiele zusammen.

Zwei zu zwei, und die Ungarn stürmen... wieder wechselten die Szenen... *blitzartig! Abgewehrt! Nachschuß! Wieder abgewehrt!* ...*und Hidegkuti – schießt vorbei!* ...ich sah den Ball, den ich nicht sah, vor dem deutschen Tor, im deutschen Tor, zweimal, dreimal, aber... *Liebrich, immer wieder Liebrich*... *und Rahn zu May und May zu Eckel, Eckel zu Rahn, Applaus für den deutschen Sturm*... und wieder... *Gefahr!* ...*auf der Torlinie gerettet*... *Liebrich rettet, rettet, rettet uns*... *eine herrliche Zusammenarbeit unserer deutschen Abwehrspieler!*

Ich spielte am liebsten Abwehrspieler, rechter Verteidiger, Kohlmeyer, aber von Minute zu Minute wurde ich immer mehr Liebrich, Mittelläufer, immer deutlicher setzte sich das Bild von Liebrich zusammen, dessen Namen ich erst seit wenigen Tagen kannte und der nun in mir aufstieg, immer bei Gefahr ging *Liebrich, der Blonde*, dazwischen, und ich, der Verteidiger, der blonde, richtete meine Neigung, meine Hoffnung immer öfter auf diesen einen Mann... *achtzehn Spieler im deutschen Strafraum*... und Liebrich rettet. Der Reporter pries *Glück und Können* der Hintermannschaft, ich war Teil dieser Mannschaft und freute mich an unserm Können, es gab da also ein Können ohne Gehorsam und Gebet, ein Können, das nicht von oben gesegnet und abgesegnet war, und es gab Glück, ganz einfach Glück ohne Wenn und Aber und Scham und ohne die störenden Angriffe eines Gewissens, ich nahm teil an diesem Glück, von dem keiner im Haus etwas ahnte, ich war verbunden mit fernen Menschen, anderen Kräften, ich holte mir trotzdem rasch ein Stück Sandkuchen und schluckte hastig die Bissen hinunter, als müsse ich sofort wieder einsatzbereit sein auf dem Spielfeld.

Ja, ob in Hamburg, ob in München, in Bonn, in Köln, ob in Frankfurt, Sie alle, alle, die Sie jetzt einen Lautsprecher haben werden, Sie werden hoffentlich dabeisein und den Daumen drükken für unsere tapferen Jungens... ich gehorchte, stopfte den Rest des Kuchens in den Mund und drückte den Daumen, wußte nicht genau, wie man das am wirkungsvollsten tat, mit der linken Hand den rechten Daumen oder beide Daumen gegeneinander oder den Daumen in der noch krümeligen Handmulde von allen Fingern gedrückt oder Daumen und Zeigefinger beider Hände fest zusammen, ich probierte es mal so, mal so, brachte alle Kräfte

auf gegen die Ungarn, die wieder das deutsche Tor bela-
gerten und von allen Seiten beschossen... *Kopfball! An
die Querlatte! Und kein Tor! Zwei zu zwei, nachdem Turek
schon geschlagen schien!* ...ich drückte zu stark, ich mußte
nachlassen... *mein Kompliment für Sie, meine lieben Zuhöre-
rinnen und Zuhörer, Ihr Daumendrücken hat in den letzten drei
Minuten geholfen, denn sonst stände es drei zu zwei für Ungarn.*

Es wurde ruhiger in Bern, es wurde nicht ruhiger in mir,
ich hörte Kaffeegeschirr, in Bern regnete es weiter, draußen zogen die Wolken grau vorbei, ich hatte die Lautstärke etwas aufgedreht und fuhr plötzlich hoch, weil ich
meinen Vater neben dem Schreibtisch bemerkte. Ich erschrak weniger über ihn oder seine große Gestalt als über
seine plötzliche Anwesenheit, seine aufdringliche
Nähe... *Liebrich, Liebrich, wenn wir dich nicht hätten!* ...sol-
che Sätze voller Begeisterung, denen ich mich ausgeliefert hatte, waren mir vor dem Vater peinlich, der nach-
sichtig lächelte und trotzdem in der Reporterstimme die
Stimme eines fernen Konkurrenten wittern mochte...
und Liebrich, Liebrich, nimm ihn! Ich wollte nicht, daß er
solche Sätze hört, seine Anwesenheit lenkte mich ab, ich
wollte nicht gestört werden, ich schämte mich. Ich sagte:
«Immer noch unentschieden!» und drückte mich tiefer
in den Stuhl, der sein Amtsstuhl war, und tat so, als be-
rühre mich das Spiel nicht besonders, während ich andächtig die Stichworte aus dem Radio empfing. Wenn
der Name Liebrich fiel, war ich Liebrich, wenn Kohlmeyer, dann Kohlmeyer, und ebenso war ich vollauf beschäftigt als Fritz Walter und Turek und Rahn, ich

konnte nur ein wenig aufatmen, wenn der Reporter *Posipal!* rief, für die Verteidigung links war ich nicht zuständig, oder *Eckel!* und *May!*, als Außenläufer war ich zu langsam, auch als Linksaußen wie Schäfer oder Stürmer wie Ottmar Walter oder Morlock taugte ich nicht, ich war Liebrich und mehr als Liebrich, in fünffacher Gestalt auf dem nassen Rasen von Bern, *überall* wie Fritz, *in der Luft* wie Toni, *pfeilschnell* wie Rahn, *sicher* wie Kohlmeyer, *kämpferisch* wie Liebrich. Der Vater nahm ein Buch aus der Aktentasche und kündigte seine Abfahrt nach Rhina an, er blieb nur zwei oder drei Minuten, aber jede Sekunde seiner Anwesenheit und jedes Wort störten, ich wurde ungeduldig, die Ablenkung bedeutete Gefahr für meine Mannschaft und Gefahr für mich, ertappt zu werden, wie ich mich vor seinem Radio von seinen Kreuzen und Altären abwandte, anderen Stimmen anvertraute und andere Anbetungen übte. Ich atmete auf, als er das Zimmer verließ, atmete auf, weil in diesen Augenblicken kein Tor gefallen war auf der einen oder der anderen Seite, und Sätze wie... *Liebrich, Liebrich springt hoch wie ein Weltrekordhochspringer*... halfen, mich schnell wieder in den Helden des Tages zu verwandeln.

Die zweite Halbzeit war zur Hälfte vorbei... *Deutschland hält sich großartig*... immer wieder fielen *die melodischen Namen der Pußta-Söhne*, die ich gar nicht melodisch fand, weil sie immer wieder Gefahr brachten, weil sie nur dazu da waren, mir die unvermeidliche Niederlage zuzufügen, im entscheidenden Moment zuzustoßen, auch wenn sie keine Messer hatten und nicht gerade Abraham hießen. Sie waren *ungeschlagen*, sie waren *die Angriffsmaschine*, die

Gewinner, auch wenn alles tückisch ausgeglichen war bis jetzt und das Spiel im Rhythmus der Worte des Reporters hin- und herwogte: *Könnte schießen! Schießt! Schießt! Abgewehrt! Nachschuß! Abgewehrt! Der Ball wäre dringewesen!*
Ich hörte draußen das Motorrad, der Vater fuhr los, ich sah ihm nicht nach aus dem Fenster, ich sah die Spieler, wirbelnd in Bewegung, rennen, springen, hechten, köpfen, dribbeln. Ab und an rissen oder verwischten die bewegten Bilder, weil ich nur aus der Nennung der Namen und der knappen Beschreibung des Zusammenspiels oder der Zweikämpfe den Weg des Balles und die Vorstöße der Spieler zusammensetzte, darum brauchte ich für meine Vorstellung die einzigen mir bekannten fußballerischen Bewegungen der Spieler des F.C. Wehrda und übertrug ihren Spielstil in das Berner Stadion. Deutschland und Wehrda waren sich ähnlich, der ehemalige Meister der A-Klasse trug auch weiße Hemden, allerdings grüne Hosen statt schwarzen, die Spieler aus Steinbach, Eiterfeld oder Hünfeld waren die Ungarn, ich sah den Wehrdaer Sportplatz endlos horizontal verlängert über die hessischen Berge und Wälder bis in die Schweiz hinunter. Der Himmel schüttete seinen gnädigen Regen über die Spieler hinab, *das Fritz-Walter-Wetter* hielt an, aber sonst hatte der Himmel, hatten Vater, Sohn und Heiliger Geist hier nichts zu bestellen, hier flehte niemand nach oben, hier war nichts bestimmt oder vorherbestimmt, hier funkte keiner aus der Hierarchie Gott, Vater, Mutter und Großvater dazwischen. Hier schaute ich ins Weite, nach vorn, und hier regierte nicht einer, sondern ein Team mit einem Kapitän, einem

ganz anderen Kapitän als mein Großvater im U-Boot, hier waren elf Mann mit *enormer Einsatzfreude dabei*, alle mußten gut sein, alle waren aufeinander angewiesen, keiner durfte *abseits* stehen, das Prinzip des Gehorchens oder Fügens oder Anpassens oder Wegtauchens galt hier nicht, es zählten nur die hellwache Lebendigkeit eines *Dribbelkönigs* und der Spieler mit *Dynamit in den Füßen*.

Trotzdem wußte ich, daß alle Anstrengung vergeblich war, die Niederlage am Ende stand fest wie die Macht der Ungarn, der Ungeschlagenen... *einundzwanzig Spieler in der deutschen Hälfte... ein Gegenangriff, Erholung... jetzt ein Angriff der Ungarn, Turek heraus, Nachschuß Hidegkuti! – Toni, Toni, du bist Gold wert, du bist mindestens so schwer in Gold aufzuwiegen wie der Coup Rimet...* Gold, echtes Gold, Geld, Reichtum, wieder ein anstößiger Vergleich, ein Mensch goldgleich, was für eine Sünde, so zu denken, so etwas laut zu sagen, was hatte das Spiel mit Gold zu tun, nach Gold und Geld durfte ich nicht streben, *eher ein Kamel durch das Nadelöhr als ein Reicher in den Himmel*, Geld war der Anfang des Weges zur Hölle, die Verführung, Materialismus. Gold war im Märchen, in den Ringen, in Zähnen erlaubt, alles andere führte direkt zum *Goldenen Kalb*, das die Israeliten angebetet und umtanzt hatten, statt auf Moses und Gottes Gebote zu warten. Nun wurden meine Helden schon in Gold aufgewogen, ich versuchte mir das vorzustellen, um meine Verwirrung besser zu fassen: eine Waage, ein Goldhaufen, glücklich goldglänzende Gesichter in der Sonne, das Bild blendete.

Plötzlich sagte er... *noch zehn Minuten...* jetzt zählten die Sekunden, und das Tempo, das Hin und Her steigerte sich wieder, die Reporterstimme überschlug sich, und wieder Hidegkuti, und wieder Fritz, und wieder ein Eckball für Deutschland... *unser Fritz läuft an, halten Sie die Daumen zu Hause! Halten Sie sie, und wenn Sie sie vor Schmerz zerdrücken, jetzt ist es egal, drücken Sie!* ... und wieder nichts, und wieder Eckel, und wieder Hidegkuti, und wieder Puschkasch, und wieder Hidegkuti, und wieder Todt, und wieder Kotschitsch und Puschkasch, und... *Kopfabwehr von Liebrich, immer wieder Liebrich...* und wieder Applaus, und Rahn und Ottmar, Fritz und wieder Schäfer, Morlock, Zakarias, und wieder Puschkasch, und wieder Eckel, und Freistoß, und wieder Gefahr, und wieder Kotschitsch, aber Turek, und *die deutsche Angriffsmaschine,* und wieder Lorant und... *sechs Minuten noch, keiner wankt, der Regen prasselt unaufhörlich hernieder, es ist schwer, aber die Zuschauer, sie harren aus, wann sieht man ein solches Endspiel, so ausgeglichen, so packend...* Ich harrte aus, ich ertrug die Spannung nicht mehr, das Ergebnis war mir fast egal, Hauptsache, die Strapazen des Spiels in ein paar Minuten vorbei... *Schäfer, nach innen geflankt, Kopfball, abgewehrt, aus dem Hintergrund müßte Rahn schießen, Rahn schießt! Tor! Tor! Tor! Tor! Tor für Deutschland!*

Während die schreiende, elektrisierte Stimme fast das Radio auseinanderriß, das versteckte Metall in dem Kasten von den Torschreien vibrierte und der Stoffbezug vor dem Lautsprecher zitterte, während das Gerät in allen Fugen knisterte und der Reporter schwieg wie erschossen, drangen aus dem Hintergrund Schreie, von Händeklatschen und Jubel unterstrichen, aus dem Berner Stadion an mein Ohr, und ich riß, obwohl ich noch nichts begriff, eher hilflos als triumphierend die Arme hoch und rief leiser, als ich wollte: «Tor!», leise, weil ich meine Freude noch nicht spürte, sondern nur den Reflex auf die Schreie aus dem vibrierenden Kasten, ehe der Reporter wieder zur Sprache fand: ...*drei zu zwei führt Deutschland, fünf Minuten vor Spielende! Halten Sie mich für verrückt, halten Sie mich für übergeschnappt!*

Ich hielt ihn nicht für verrückt, nicht für überge-schnappt, ich war auf das Tor nicht gefaßt, auf den Sieg nicht, ich rief noch einmal «Tor!», nun etwas lauter, als müßte ich mit meiner Stimme den Beweis liefern, daß wirklich ein Tor für uns gefallen war. Niemand antwor-tete, weder die Mutter noch Geschwister oder Groß-eltern liefen herbei, und doch durfte ich jetzt nicht zweifeln... *und jetzt Daumenhalten, viereinhalb Minuten Dau-menhalten.* Die Kreuze an der Wand schrumpften, die Got-tesgespenster hielten still wie geschlagen, die Engel, immer lauernd auf Gelegenheiten zu Lob und Jubel, drückten keine Daumen, standen ungerührt im Gold ihrer Bilder, verharrten gebannt in ihren himmlischen Gesten, provo-zierend still mit ihren Posaunen... *drei zu zwei, und die Ungarn wie von der Tarantel gestochen.* Ich drückte die Dau-men und konnte nicht fassen, warum ich sie so drückte, die Ungarn waren dabei zu verlieren, sie drehten *den sieb-ten oder zwölften Gang auf... kein Tor! Kein Tor! Kein Tor! Puschkasch abseits!* ...die Macht wankte, sie war fast ge-schlagen, das Unterste war zuoberst, plötzlich ergab der Bibelsatz einen Sinn *Die Letzten werden die Ersten sein,* und es lag auch an meinem Daumen, an meinem Willen, ob die-ser Traum anhielt, ob er wahr werden sollte... *noch vier*

Minuten... Hidegkuti... Turek am Boden... es konnte nicht wahr sein, was ich hörte, die *ungekrönten Weltmeister* am Ende, beinah geschlagen mit einem Tor, es konnte nicht wahr sein, gegen die Favoriten Sieger zu bleiben, die seit viereinhalb Jahren nicht verloren hatten.

Noch drei Minuten... und Daumendrücken, Daumendrükken... und Deutschland stürmt!... Der Sekundenzeiger, er wandert so langsam... die Stimme wankte, ich starrte auf das grüne Auge, alle Engel und Moses hatten ausgespielt oder waren gefallen, die heiligen und schwarzen Schriften versunken, ohne Macht über mich, die Stimme schlug gegen den Stoff vor dem Lautsprecher, mein Herz schlug im Takt der Stimme... *jetzt spielen die Deutschen auf Zeit... die Ungarn sind völlig aus dem Häuschen, Deutschland ist wieder in Ballbesitz...* Ich war in einen Sturm der Atemlosigkeit geworfen, mußte ruhig bleiben, ganz ruhig, auch wenn der Sekundenzeiger langsam wanderte, er wanderte, wir werden, wir können, wir sind, ich oder Liebrich, wir sind, ich und Liebrich, wir, ich, Liebrich, *die ganze deutsche Mannschaft setzt sich ein mit letzter Kraft, letzter Konzentration...* ich sah nichts mehr, Spielfeld oder Spieler verschwommen im Taumel, im Regen, ich sah nur den unsichtbaren Sekundenzeiger... *Tschibor, jetzt ein Schuß – gehalten, von Toni gehalten! Und Puschkasch der Major, der großartige Fußballspieler aus Budapest, er hämmert die Fäuste auf den Boden, als wollte er sagen, ist denn das möglich, dieser Siebenmeterschuß! Es ist wahr, unser Toni hat ihn gemeistert! Und die fünfundvierzigste Minute ist vollendet, es kann nur noch ein Nachspiel von einer Minute sein...* ich hielt den Atem an, ich wußte nicht, was *Nachspiel* bedeutete... *es droht Gefahr!*

...Aus! Aus! Aus! Aus! Aus! Das Spiel ist aus! Deutschland ist Weltmeister, schlägt Ungarn mit drei zu zwei im Finale in Bern!

Die Stimme kippte von *Aus!* zu *Aus!*, taumelte von Silbe zu Silbe mit letzter Kraft, brach zusammen, fiel nieder und war doch wieder da und verkündete die unglaubliche Nachricht, das Wunder, das ich nicht begriff und mir auch durch eine Wiederholung mit der eigenen Stimme, «Gewonnen, drei zu zwei gewonnen!», nicht begreiflich machen konnte, denn es gab kein Echo, keine Fragen aus dem Eßzimmer nebenan, wo sie mit Kaffee und Kuchen fertig waren und sich zerstreut hatten. Ich brauchte weiter die Verbindung zur Stimme in Bern, die, etwas weniger erregt, aber unsicher, fast stotternd das Unglaubliche wiederholte... *deutsche Mannschaft, Weltmeister 1954...* und nach passenden Worten suchte auch für mich, der in diesem Augenblick, in den Rausch einer neuen Sprachlosigkeit gestoßen, nur das Ergebnis und das Wort «Gewonnen!» stammeln konnte.

Der Reporter beschrieb die Szenerie auf dem Spielfeld, wie die Zuschauer, die Fotografen und die Mannschaften reagierten, die Ungarn *gefaßt* als Verlierer und die Deutschen gefeiert... *unser Stolz, unsere Freude und unsern ganz innigen Dank den elf Spielern im weißen Jersey und den schwarzen Hosen, die jetzt zur Gegentribüne hinüberlaufen und die deutsche Schlachtenkolonie begrüßen...* Mich hielt es nicht mehr auf dem Stuhl, ich wollte meinen Stolz, meine Freude, meinen Dank in die Welt, ins Haus, ins Dorf hinausrufen und konnte mich doch vom Radio nicht trennen, wollte wissen, was weiter dort geschah, wo der Jubel herkam... *die Fahnen schwarz rot gold sind drüben im weiten Rund zu sehen, und auch wir sind ergriffen...* und auch ich war ergriffen, ein Schauer im Rücken ließ den Körper aufzittern, ich wischte die Tränen weg, wollte meine Freude zeigen und wußte nur nicht wem, ich fühlte deutlich, daß es mir für fast zwei Stunden gelungen war, dem sonntäglichen Alarmzustand, dem Vaterkäfig, den unsichtbaren Gottesfallen entronnen zu sein, und wußte, daß diese Ausnahmezeit, in der ich meine Makel vergessen konnte, irgendwann zu Ende ging, ich wollte den paradiesischen Zustand möglichst erhalten, also schnell hinaus zu meinen Freunden und Fußballfreunden laufen, deren Herzen ebenso *ergriffen* sein mußten wie meins.

Wir wollen auch in diesem Augenblick nicht vergessen, daß es ein Spiel ist, ein Spiel, aber das populärste Spiel, das die Welt kennt... es war längst kein Spiel mehr, denn ich war, was ich schamhaft und heimlich gewünscht hatte, ich war zum Weltmeister geworden, und das wollte ich mir nicht nehmen lassen durch Beschwichtigungen... *die Spieler gebärden sich, als ob sie ein Schloß gewonnen hätten...* ich hatte mehr gewonnen, mir liefen Tränen, Siegerehrung, eine Greisenstimme sprach im Hintergrund gegen den Jubel, der Reporter redete darüber hinweg... *der stolze Triumph unserer deutschen Weltmeister... Höhepunkt...* nannte noch einmal die Namen der Spieler, des Bundestrainers, ich wurde ruhiger... *ich kann mir vorstellen, wie Sie in der Heimat Anteil nehmen werden... jetzt erfolgt die feierliche Übergabe des Pokals an Fritz Walter, den Kapitän der deutschen Weltmeistermannschaft...* Fritz zeigte den Pokal, den ich nicht sah, die Hymne wurde gespielt, ich hörte *Deutschland, Deutsch-land, über alles* mehr geschrien als gesungen, ich verstand die Worte nicht genau, weil offenbar zwei Fassungen gleichzeitig gesungen wurden, die verbotene erste und die erlaubte dritte Strophe, vor wenigen Tagen erst, vor der Feierstunde zum 17. Juni war uns beigebracht wor-den, *Einigkeit und Recht und Freiheit* zu singen und nicht *Deuschland, Deutschland, über alles*, deutlich verstand ich *brüderlich zusammenhält* und die miteinander aufsteigen-den Stimmen *über alles in der Welt*, ein dumpfer Jubel in der Wiederholung aus befreiten Kehlen, *Deutschland, Deutschland über alles, über alles in der Welt*, ehe der Gesang in wildes, lautes Johlen ausuferte, das nach *Ej!* oder *Ja!* oder *Heil!* klang, und Beifall und Schreie waren noch nicht vorbei, als die andere Reporterstimme, die in der ersten Halbzeit die ersten Sätze gesprochen hatte, erregt und wie in Angst vor einer neuen Jubelwelle rasch die Abschiedsworte sagte… *Hier sind alle Sender der Bundes-republik Deutschland… Reporter war Herbert Zimmermann. Die Sendung ist beendet. Wir schalten zurück nach Deutschland.*

Unter den Linden, auf dem Kirchplatz, auf dem Mäuer-chen, drei Stufen über den Straßen, die hier zusammen-liefen, stand ich und schaute, während die Takte der Hymne in mir weiterschlugen, in alle Richtungen, Wege und Höfe und hoffte, daß meine Freunde nach dem Ende der Übertragung aus den Haustüren stürmten und andere

Leute suchten, um sich und *uns* als Weltmeister zu feiern. Ich war der erste, hatte den kürzesten Weg, stand im Zentrum, hier mußten die Fußballfreunde zusammentreffen, hinter mir Kirche und Pfarrhaus, wo kein Platz war für meine Erregung, vor mir und um mich herum das Dorf, die offene Welt.

Wie nackt stand ich da in meinem Siegesgefühl, allein unter den niedrigen Ästen der Linden, und wartete ungeduldig, entdeckt zu werden mit meiner blanken, springenden Freude. Ich schämte mich nicht, im Gegenteil, ich genoß den berauschenden Moment: die Reporterstimme klang im ganzen Körper nach, und der Sieg stieß mich in einen Zustand des Glücks, in dem ich Stottern, Schuppen und Nasenbluten vergaß und das Gewissen und alle Gotteszangen von mir abließen. So leicht fühlte ich mich nie, und unter dem pulsierenden Siegesgefühl lag eine tiefe, verzweifelte Ahnung, was es heißen könnte, befreit zu sein von dem Fluch der Teilung der Welt in Gut und Böse, befreit von der Besatzungsmacht, dem unersättlichen Gott, und vielleicht auch die Ahnung von der begrenzten Dauer dieses Glücks, einmal ungebremst *Ja!* sagen zu können. Irgendwann beim Abendbrot würde der Sieg nur noch halb so viel wert sein, spätestens mit dem gnadenlosen Nachtlied *Morgen früh, wenn Gott will, wirst du wieder geweckt* würde die Vertreibung unter den Willen *des Herrn*, in das geduckte Anpassen und Ausweichen und in das Exil meines hilflosen *Nein!* wieder beginnen. Deshalb wünschte ich, diesen Moment zwischen den Lindenbäumen so lange wie möglich auszukosten, ich hätte am liebsten geschrien, gelacht, getanzt, getobt, die Glocken geläutet, mit der Sirene auf dem Gasthaus Lotz das Dorf geweckt und den Tag mit einer Feier gekrönt, wie Weihnachten, Geburtstag, Ferienbeginn, Sängerfest, Feuerwehrfest, Meisterschaftsfeier und Kirmes zusammen.

Aber das Dorf verharrte träge in seiner Stallwärme, in der Sonntagnachmittagsstille und in den Gerüchen, die von Blumen und Misthaufen, vom Heu in den Scheunen, vom Korn der Felder, von der Milch aus den Ställen, von der Späne aus der Schreinerei und von den Linden heranwehten. Wenn ich mich drehte, konnte ich ungefähr zehn Türen sehen, vielleicht fünfzig Fenster, doch kein Gesicht erschien. Alles, was ich sah, war die Behäbigkeit des Fachwerks, das regenverwaschene Grau der Bretter von Heinzens Scheunenwand, die eisernen Zaunspitzen vor den Sonnenblumen und Wicken in Hahns Garten, der stumme Hydrant neben kurzen Brennesseln, die leere Milchbank neben der Reklamewand. Von der Steintreppe der Gastwirtschaft Lotz leuchtete rot und rund das Emailleschild *Trink Coca-Cola eiskalt* herüber, unter dem ich morgen um kurz vor sieben wieder auf den Bus nach Bad Hersfeld warten mußte.

Wenn wichtige Nachrichten zu verkünden waren, stand vor dem Hydranten der Gemeindediener mit schiefer Mütze, das Rad an den Zaun gelehnt, schellte mit der Handglocke und rief mit lauter Stimme vom Zettel ab, was alle wissen sollten, aber nun, bei dieser Sensation, ließ sich kein Mensch blicken. Die Kreuzung neben dem Kirchplatz überquerten am Werktag Kühe, Pferde und Traktoren, sie zogen Mistfuhren, Jauchewagen, Ackermaschinen, hochbeladene Leiterwagen voll Heu oder Getreidegarben, dazwischen der Lkw von Walter Scholz, der Bus von Franz Richter und wenige Lieferwagen, wenige Autos, und jetzt nicht einmal ein Kuhgespann zu sehen. Vielleicht hätten der schläfrig tappende, der schaukelnde Gang zweier Kühe im Takt der kauenden Mäuler und ein Bauer, der sie am Zügel und mit der Peitsche führte, schon gereicht, mich als Weltmeister nicht völlig allein in der Welt zu sehen.

Alles war so, als hätte sich nichts verändert mit der Weltmeisterschaft, als hätte ausgerechnet jetzt jemand das Dorf verwunschen und stillgestellt oder als hätten sich, im Augenblick meines Triumphs, die Menschen im Dorf für immer von mir getrennt. Die Enttäuschung schmerzte wie Brennesseln schmerzten, aber der Brennesselschmerz war auszuhalten, wenn man die Luft anhielt. Ich wußte nicht mehr, in welcher Wirklichkeit, in welchem Traum ich mich befand, Spatzen zwitscherten in den Ästen, Hühner gackerten, viele Brennesseln wuchsen an der Hofmauer. Ich war einer Stille ausgeliefert, die nach dem Jubellärm von Bern mich verletzte und den Sieg beinah zurückverwandelte in einen schäbigen Betrug. Die Welt stand still, obwohl sie sich schneller hätte drehen müssen um den kreisrunden Platz mit den acht Bäumen, mit den Ketten zwischen den Begrenzungssteinen wie ein Karussell drehen und drehen, um mich als Achse.

Ich griff in die Lindenäste, zog einen herunter, hielt mich fest an dem schwankenden Ast, an den schwitzenden Blättern, atmete den schon abgeschwächten Blütenduft ein, klammerte mich an die Hoffnung auf die Fußballgötter und wünschte, daß mir, wie immer die Wehrdaer und Hersfelder Freunde sich verhalten mochten, der Sieg nicht zu nehmen sei: Bern war in mir, ich war Liebrich, ich war Weltmeister, der Beweis war die Reporterstimme, der Beweis war eine neue, über das Radio gespendete Energie, da war der Schimmer eines Auswegs, der weiter reichte als die schwarzgelben Wegweiser nach Neukirchen, Langenschwarz, Hünfeld.

So stand ich drei, vier, Minuten auf dem Platz, bereit, die ganze Welt zu umarmen, meine Freude zu zeigen und zu teilen, bereit, mich in jede Richtung zu wenden außer zurück zum Haus, aus dem ich gelaufen war, jede Richtung, aus der ein Mensch näherkommend mich und meine Gefühle begreifen könnte, und endlich taumelten aus Sennings Gastwirtschaft drei Männer auf die Straße, in denen ich trotz der Sonntagsanzüge drei Spieler des F.C. Wehrda erkannte, und liefen, Kuhfladen und Schlaglöchern ausweichend, an der Post vorbei, auf den Kirchplatz zu, wie ich es gewünscht hatte, mir entgegen, und nach ihnen tauchten, bald aus der einen, bald aus der anderen Richtung die Freunde Herwig, Horst, Gerhard, Helmut und Wolfgang auf, und als wir uns, wie blöde geworden, Wortbrocken wie «Weltmeister!» und «Deutschland!» und «Dreizuzwei!» zuriefen, mit dem Geschrei die Spatzen aufscheuchten und, von der ungewohnten Wucht der Worte mitgerissen, aus den genormten Sonntagsbewegungen kippten und lachten und johlten, war ich, ohne es zu begreifen, der glücklichste von allen, glücklicher vielleicht als Werner Liebrich oder Fritz Walter.

Harry Mulisch

«Mulisch kann in diesen Zeiten als Rarität gelten – ein Autor, der intuitiv psychologisch tiefe Romane schreibt.» John Updike, The New Yorker

Das Attentat
Roman. 3-499-22797-5

Augenstern
Roman. 3-499-22244-8

Höchste Zeit
Roman. 3-499-23334-7

Die Prozedur
Roman. 3-499-22710-X

Die Säulen des Herkules
Essays. 3-499-22449-6

Selbstporträt mit Turban
Autobiographie. 3-499-13887-5

Das sexuelle Bollwerk
Sinn und Wahnsinn
von Wilhelm Reich
3-499-22435-6

Das Theater, der Brief
und die Wahrheit
Ein Widerspruch
3-499-23209-X

Vorfall
Fünf Erzählungen
3-499-13364-4

Zwei Frauen
Roman. 3-499-22659-6

Die Entdeckung des Himmels
Roman
Eine in das umtriebige und abgründige zwanzigste Jahrhundert ausschwärmende Geschichte über eine ungewöhnliche Freundschaft.

3-499-13476-4

Albert Camus. Nobelpreis für Literatur 1957

«Wir müssen uns Sisyphos als glücklichen Menschen vorstellen.»

Der Fall
Roman 3-499-22191-8

Der Fremde
Roman 3-499-22189-6

Der glückliche Tod
Roman 3-499-22196-9

Der Mythos des Sisyphos
Ein Versuch über das Absurde
3-499-22765-7

Jonas oder Der Künstler bei der Arbeit
Gesammelte Erzählungen
3-499-22286-8

Kleine Prosa
3-499-22190-X

Unter dem Zeichen der Freiheit
Camus-Lesebuch (Herausgegeben von Horst Wernicke)
3-499-22200-0

Der Mensch in der Revolte
Essays 3-499-22193-4

Verteidigung der Freiheit
Politische Essays
3-499-22192-6

Der erste Mensch
3-499-13273-7

Albert Camus
rowohlts monographien
Dargestellt von Brigitte Sändig
3-499-50635-1

Die Pest
Roman

3-499-22500-X

Foto: Wyss

Rolf Hochhuth

«So hart, so direkt ist bisher kaum auf unserer Bühne in die Bundesrepublik hinein gefragt worden.» (FAZ)

Ärztinnen
Fünf Akte 3-499-15703-9

Alan Turing
Erzählung 3-499-22463-1

Effis Nacht
Monolog 3-499-22181-0

Die Hebamme
Komödie 3-499-11670-7

Inselkomödie
Theaterstücke 3-499-13230-3

Judith
Theaterstücke 3-499-15866-3

Juristen
Drei Akte für sieben Spieler
3-499-15192-8

Eine Liebe in Deutschland
Erzählung
3-499-15090-5

Panik im Mai
Sämtliche Gedichte und
Erzählungen 3-499-15090-5

Die Berliner Antigone.
Gasherd und Klistiere oder Die
Urgroßmutter der Diätköchin
Novelle, Requiem und Posse in je
einem Akt 3-499-23236-7

Der Stellvertreter
Ein christliches Trauerspiel

3-499-10997-2